WILLIBALD SPATZ

Alpenkasper

Birnes dritter Fall

GMEINER Original

HOCHZEIT MIT HINDERNISSEN Nach einem verpatzten Einsatz ist Jung-Polizist Birne verschwunden. Und das kurz vor seiner Hochzeit mit Katharina. Zum Glück gibt es da Jakob, Birnes Bruder und ein mäßiger Journalist. Der macht sich auf Bitten der Verlobten auch gleich auf die Suche. Doch seine einzige heiße Spur ist schnell kalt: Ein Rentner, zu dem Birne zuletzt Kontakt hatte, wird vor seinen Augen ermordet.

Was hat der dubiose Heilpraktiker Lugner, den Jakob auf einer Premierenparty im Stadttheater kennenlernt, mit der Sache zu tun? Warum verhält sich Katharina so seltsam? Und wieso werden Birnes Kollegen auf einem Schützenfest in der voralpenländischen fast gelyncht? Fragen über Fragen, auf die nur einer die Antworten weiß: Birne, Bayerns schrägster Ermittler!

Willibald Spatz, Jahrgang 1977, hat in Würzburg Biologie und in München Kulturkritik studiert. Er lebt zurzeit in der Nähe seiner Heimatstadt Augsburg, unterrichtet an einer Schule und schreibt als freier Autor u.a. für die Zeitschrift »Theater der Zeit« und das Internet-Portal nachtkritik.de. Mit »Alpendöner«, seinem ersten Kriminalroman, landete er aus dem Stand den Überraschungserfolg des Krimiherbsts 2009. »Alpenkasper« ist mittlerweile der dritte Fall um seinen skurrilen Krimihelden Birne.

Bisherige Veröffentlichungen im Gmeiner-Verlag:
Alpenlust (2010)
Alpendöner (2009)

WILLIBALD SPATZ

Alpenkasper

Kriminalroman

GMEINER Original

Personen und Handlung sind frei erfunden.
Ähnlichkeiten mit lebenden oder toten Personen
sind rein zufällig und nicht beabsichtigt.

Besuchen Sie uns im Internet:
www.gmeiner-verlag.de

Im Ehnried 5, 88605 Meßkirch
Telefon 07575/2095-0
info@gmeiner-verlag.de

1. Auflage 2011

Lektorat: Claudia Senghaas, Kirchardt / René Stein, Meßkirch
Herstellung: Julia Franze
Umschlaggestaltung: U.O.R.G. Lutz Eberle, Stuttgart
unter Verwendung der Fotos von Lutz Eberle, © Doc RaBe - Fotolia.com
und © PixMedia - Fotolia.com
Druck: Fuldaer Verlagsanstalt, Fulda
Printed in Germany
ISBN 978-3-8392-1175-5

Für Georg Johannes

Den kennen wir nicht, der war noch nie bei uns. – Seinen Brudern kenn ich schon.

Karl Valentin

Dann möchte ich eine Bombe sein und einfach explodieren.

Die Prinzen, Leipzig

Teil I: Ohne

WOHNRAUM

Der Mann streifte genervt eine der beiden Greisinnen, die sich vor der Metzgerei breit gemacht hatten, zum Reden vor, nach oder zwischen dem Vormittags-Wurstkauf. Sie verachteten ihn und hätten gern mehr hervorgebracht als ein empörtes »Also«, wäre der Mann nicht schon viel weiter gewesen. Sie hatten beim Körperkontakt mit dem Eiligen strengen Schweißgeruch wahrgenommen, eine Schuppe vom Bart war an dem Lodenmantel der Alten hängengeblieben.

»Der war gar nicht mehr so jung, der muss gar nicht so unhöflich sein.«

»Aber auch die Jungen kommen langsam in ein Alter. Und was nachkommt, ist nie besser.«

»An den Jungen merkt man, wie man selber alt wird.«

Einander zustimmend annickend, schlurften sie weiter, zur nächsten Bäckerei.

Der Mann wurde langsamer, schaute die Hauswände hoch, suchte nach Hausnummernschildern, wühlte in seiner Hosentasche, musste ganz innehalten, um das Objekt ans Licht zu fischen: ein Umschlag. Er hielt ihn sich nah an die Brille, um die Anschrift zu lesen. Einige zielstrebige Meter und er war angekommen. Haus. Der Umschlag enthielt auch einen Schlüssel zu einem aufgeräumten Hausgang. Unter den Briefkästen und der Anschlagtafel des Hausmeisters ein Kinderwagen. Er fand den einen Namen, der ihn ansprach, auf einem Schild unter einem Postschlitz und nahm die Stufen nach oben. Der Aufzug wartete stumm im ersten Stock, der Mann ließ ihn unbenutzt und landete vor einer der zwei Türen im zweiten Stock, schnaufte durch. Hier passte der andere Schlüssel.

Ohne Vorsicht ging er durch den Wohnungsgang gerade in die Küche. Der Tisch, die Arbeitsplatten standen abgewischt und ungebraucht, auf einem Stuhl lagen Prospekte, verteilt vor einer Woche. Am Wohnzimmer hing ein Balkon über den Köpfen der Passanten, im Zimmer dominierte grau ein Flachbildschirm. Der Mann drehte bewusst seinen Kopf. Auf einem Tischchen stand ein Terrarium, eine Bartagame starrte ihn schon eine ganze Weile daraus an. Sie drehte den Kopf und fing sich eine vorbeizuckende Grille, verschlang sie. Ein Schritt weiter in den Raum. Er setzte sich, nahm Papiere vom Couchtisch und las eins nach dem anderen durch. Nach Minuten, in denen er den Stapel, ohne etwas Relevantes entdeckt zu haben, durchgearbeitet hatte, stand er auf und steuerte das rot blinkende Mobiltelefon an, das auf einem Regal lag. Ein neuer Anruf in Abwesenheit, Handynummer, vor 15 Minuten.

Die Frau stand hinter ihm, er japste, als er sie sah, verbarg das Telefon hinter seinem Rücken, öffnete seinen Mund, sagte nichts. Sie musterte ihn einmal von oben nach unten, ohne hängenzubleiben. Das Haar steckte nass in einem Handtuchturban.

»Ich hab Sie im Bad gestört«, stellte der Mann fest.

»Nein, nicht im Bad.«

»Zum Glück. Tut mir leid.«

»Was?«, blaffte sie ihn an.

»Ich habe mit niemandem hier gerechnet, ehrlich gesagt«, gab er zu und wurde dabei etwas lauter.

»Ich auch nicht. Dann bräucht ich jetzt das Telefon.«

»Sie müssen die Polizei nicht rufen«, beeilte er sich. »Ich werde einfach verschwinden. – Alles nur ein Missverständnis. Tut mir leid.« Zwei Schritte Richtung Ausgang, gleichzeitig auf sie zu.

Sie stoppte ihn, Hand an seine Brust. »Vielleicht verraten Sie mir noch, wie Sie reinkommen sind.«

»Ich habe eigentlich eine Menge zu tun, ich habe hier nichts verloren.«

Sie drehte sich zur Wohnungstür. »War die offen?«

»Nein, ich habe doch den Schlüssel.«

Ihre Hand wanderte in seine, sie schob ihn zur Couch. »Sie müssen mir das alles genau erklären. Ich mache uns Kaffee.«

»Dazu fehlt mir die Zeit. Bitte entschuldigen Sie die Störung. Ich gehe, ich habe einen wichtigen Termin. Ehrlich.«

»Wenn Sie jetzt versuchen zu gehen, zeige ich Sie wirklich an«, drohte sie und verschwand in der Küche.

Als sie zurückkam mit zwei Katzentassen dampfenden Kaffees und einer Handvoll Schokoladengebäck auf einem Tablett, starrte er auf den Umschlag mit dieser Adresse und den beiden Schlüsseln vor sich. »Da«, sagte er. »Können Sie zurückhaben, ich bin froh, wenn es mich nichts angeht, ehrlich.«

»Mit Milch und Zucker?«

»Nur Milch. Danke. Und auch nicht viel. Das heißt, Sie haben frische Kuhmilch, da nehm ich gern kräftig.«

»Wie kommen Sie an die Schlüssel zu unserer Wohnung?«

»Ich wollte ehrlich nichts stehlen. Und auch nicht schnüffeln. Das ist überhaupt nicht mein Job. Ich habe eigentlich einen Termin und müsste schon weg sein.« Er zog aus seiner Hose sein Handy, ließ mit einem Stöhnen das Display aufleuchten.

»Dann sagen Sie mir doch einfach, woher Sie die Schlüssel haben«, forderte sie nach.

»Kurz: Sie lagen in diesem Umschlag in meinem Briefkasten.«

»Wissen Sie, von wem er kam?«

»Ich kenne die Schrift. Mein Bruder«, erklärte der Mann.

»Soso, der Bruder. Lag sonst noch was dabei? Ein Zettel mit Anweisungen? Eine Karte, wo das Bargeld und der Schmuck hier versteckt sind?«

»Nein, nein, das war meine Idee, hierher zu kommen und nach irgendwas zu suchen.«

»Zum Beispiel nach Ihrem Bruder«, schlug die Frau vor. »Und tatsächlich wohnt Ihr Bruder hier.«

»Wunderbar, dann komm ich doch mal vorbei, wenn er da ist, aber jetzt langt es. Der Kaffee war wunderbar. Danke vielmals.«

»Das ist nicht so einfach«, bremste sie den Gehenden. »Ich habe keine Ahnung, wann Ihr Bruder wiederkommt, vielleicht ist er aber auch ausgezogen, nur mal eben eine Packung Zigaretten holen und so weiter und plötzlich, da war er weg.«

»Wissen Sie, im Grunde ist mir das auch recht. Unser Verhältnis ist, ehrlich gesagt, mehr so lala gewesen. Dann soll er sich halt rühren, wenn er wiederkommt, dann können wir mal was zusammen machen, grillen, Minigolf, was weiß ich. Und wenn er sich nicht rührt, dann ist es auch okay. Auf Wiedersehen.«

»Ich hätte schon gern, dass Sie mir ein bisschen was erzählen. Sie sind vielleicht der Letzte, mit dem er Kontakt hatte nach seinem Verschwinden, und mir liegt schon etwas daran, ihn wiederzusehen, unser Verhältnis ist nicht so lala: Ich bin Katharina. Wir sind verlobt, Herr Birne.«

»Moment, Moment, Birne heißt mein Bruder. Ich heiß nicht so. Ich heiße Jakob«

THEATERKANTINE

Eilte er auf dem Hinweg, so rannte der Bruder auf dem Rückweg. Eine flüchtige Inspizierung des Straßenbahnfahrplans machte klar, dass mit dem öffentlichen Personennahverkehr nur wenig reinzuholen war. Wenn die Bahn feststeckte, würde er Zeit verlieren. Also rannte er. Trübes, zu kaltes Wetter hatten sie diesen Mai, er bekam Schweißflecken unter den Achseln, aber für niemanden sichtbar, da er die Jacke anbehalten hatte, um schneller voranzukommen.

Das Ziel, das Stadttheater, zeigte sich unbeeindruckt von seiner Hektik. Er steuerte den Kantineneingang an, der sich links vom Haupteingang befand. Da wurde er aufgehalten von einem jungen Menschen mit buntem Haar und einem Ring in der Nase. Statt zu schnorren, sagte er: »Die sind gefährlich!« und hielt Jakob ein kleines schmutziges Papier unter die Nase.

»Danke«, erwiderte Jakob und wollte weiter, vorbei.

»Nein, nimm!« Jakob nahm's widerwillig, und der Aktivist erklärte: »Das sind Nazis und die überrennen uns, wenn wir nichts tun.« Auf dem Flyer stand viel Text in vielen verschiedenen Schriftarten, teilweise fett, teilweise kursiv. »Bist du dabei?«

Jakob nickte und bekam dafür die Bahn frei gemacht.

In der Kantine im Keller des Stadttheaters nahmen ein paar Techniker und augenberingte Schauspieler einen Vormittagskaffee mit Croissant. Wenig Betrieb, aber schon ein gehöriger Lärmpegel wegen des Gewölbes. Jakob erkannte auf seinem Handy, dass er nicht zu spät war; er holte sich erst mal Kaffee. Ein schwarzhaariges Mädchen reichte ihm die Tasse über die Theke. Ein wenig schwappte über. Der dicke Chef stand hinter der Kleinen, hatte nichts zu tun, als die Arbeit seiner Bediensteten zu überwachen, und grunzte missbilligend. Jakob fragte er mit unterfränkischem Akzent: »Wollen Sie eine Johannisbeerschnitte?«

»Danke«, antwortete Jakob.

»Ist ganz frisch, saulecker. Musst du probieren.«

»Also gut, also gut.«

»Danke, sehr gern. Das freut den Chef, wenn's schmeckt«, freute sich der Chef. Der von sich in der dritten Person Sprechende stupste sein Mädchen an, damit es den Teller des Gastes reichlich mit Essen belud.

Jakob setzte sich so, dass er den Eingang gut im Blick hatte. Den Kuchen stopfte er eifrig in seinen Mund, drückte letzte Brösel auf seine Gabel. Keinen derer, die hereinkamen und ihn bemerkten, interessierte er länger als zwei, drei Augenblicke. Er war einerseits kein selbstverständlicher, andererseits kein aufregender Gast hier.

»Jetzt ist noch ein bisschen Ruhe, aber nachher, wenn sie alle von der Probe kommen, dann geht es rund.«

Bei Jakob stand der Kantinenchef, er setzte sich dick neben ihn hin, stank schon nach Fritteuse und hatte versifftes Kochgewand an, das er unmöglich an diesem Vormittag während seiner Küchenaktivitäten dermaßen hatte besudeln können.

»Der ist gut«, stellte er fest und deutete auf den leeren Kuchenteller.

»Einwandfrei«, stimmte Jakob zu. »Ich warte ja auch. Auf den Herrn Neun.«

»Der kommt um die Zeit nicht zu uns runter.«

»Ich bin aber verabredet.«

»Um die Zeit? Ich glaub nicht, dass der kommt. Der kommt sowieso eigentlich nie hierher. Ist dem zuviel Volk hier, der will lieber mit den feinen Leuten zusammen sein. Der ist ja hier der Chef, da braucht er uns nicht.« Der Kantinenchef rotzte in seine Schürze. »Was hätten Sie denn von dem gewollt?«

»Wieso hätte? Ich will. Ich bin von der Zeitung, ich habe ein Interview.«

»Au weh. Die mag er gar nicht. Die Pressedeppen, die können ihm gestohlen bleiben. Da hast du was vor, wenn du mit dem reden willst. Kennen Sie den Schultzberg? Freilich kennst du den. Kritikerpapst. Der schreibt echt manchmal Sachen, wo du dir denkst, in welchem Stück war der denn, manchmal schreibt er auch gut. Profi halt. Blöd ist der ja nicht. Jetzt verrat ich Ihnen mal eins: Der kommt gern hierher – wir haben ein recht billiges Bier – das sauft der in sich hinein, dass es direkt eine Freude ist als Wirt, das auszuschenken. Und dem merkst du nichts an. Erste Halbe, zwölfte Halbe – immer gerader Gang, immer klare Aussprache, ein echter Profi. Und jetzt verrat ich dir was: Der ist schlau, weil er hierherkommt. Vor den Premieren, da hockt er sich an den Tisch mit den Schauspielern oder den Assistenten oder den Technikern. Da trinkt er bloß und sagt nichts, hört genau zu. Und wenn die viel lästern über den Regisseur oder die Produktion, dann weiß er, was los ist, dann verreißt er die Aufführung nach Strich und Faden und wenn die Beteiligten zufrieden sind, dann lobt er auch die Premiere. Die mögen den, die sagen, dass der was versteht vom Theater, aber in Wirklichkeit versteht er einen Schmarrn vom Theater, nur von den Menschen, da hat er eine Ahnung. Deswegen hasst ihn der Neun auch so, weil er es mit den Menschen, den einfachen, halt gar nicht kann.«

»Da könnte man noch was lernen.«

»Sie schreiben ja auch. Ihr Gesicht ist mir noch nie aufgefallen.«

»Ich war ab und zu da«, gab Jakob zu.

»Du schreibst mehr für den Sport. Oder halt! Eher Computer«, tippte der Kantinenchef.

»Gerade, wie es kommt. Ich kann mir nicht viel aussuchen.«

Ein jüngerer Schauspieler tauchte am Eingang auf, er hielt sich am Türstock fest und atmete heftig, bevor er hervorstieß, ohne seine Stimme geschult zu schonen: »Scheiße, ist einer von euch ein Arzt?«

Das Gesprächsgemurmel erstarb, der Atemlose hatte alle Aufmerksamkeit auf sich gezogen, es rauschte die Spülmaschine im Hintergrund.

»Josef, was ist los?« Den Kantinenchef konnte hier unten nichts erschüttern. Er ging auf den Frager zu, der stammelte: »Oben bei der Probe, Scheiße. Ist voll eskaliert.«

Ein Dutzend machte sich auf nach oben, um zu sehen, was da los war. Einem Dutzend konnte weniger passieren als einem. Auf der Bühne standen alle Probenbeteiligten im Halbrund um einen Jungen, der da lag, ohne sich zu rühren. Im Hintergrund öffnete sich majestätisch der Zuschauerraum, leer bis auf ein Regiepult im Parkett. Dort saßen hilf- und sprachlos der Regisseur, seine Assistentin und ein Mann, der seinen Ellenbogen auf seinem zitternden Knie abstützte.

Der Regisseur fand seine Sprache wieder, er brüllte: »Was soll das? Ich brauch keine Karawane von Deppen, schaut, dass ihr einen Notarzt herbringt.«

»Jetzt beruhig dich mal, Meister, wir müssen uns doch selbst erst ein Bild von der Lage machen«, sagte der Kantinenwirt.

»Für Sie immer noch Herr Neun, Herr Franzbein.«

Jakob löste sich aus dem Kreis der peinlich berührten

Zeugen der Szene und beugte sich zu dem Jungen hin. Der zuckte zusammen, als er ihn an die Schulter fasste. »Geht's?«, fragte er und ging um ihn herum. Der Verletzte hielt sich mit beiden Händen ein Tuch ans Auge, das Tuch war rot. Jakob bat ihn, sich das ansehen zu dürfen, doch bei der ersten Bewegung heulte der Junge auf und Jakob zuckte zurück.

»Der ist ausgetickt, einfach so, ohne Grund. Wie wir ihn bremsen wollten, hat er auf einmal ein Messer in der Hand, Arne ist nicht mehr schnell genug weggekommen«, informierte ein anderer von hinten.

»Und wo ist der Messerstecher jetzt?«, wollte Franzbein wissen.

»Einfach verschwunden hier im Haus.«

»Dann wär's vielleicht auch nicht verkehrt, wenn wir die Polizei riefen. Oder, Herr Neun?«

»Lauter Schlaue, dann braucht ihr mich ja nicht«, schimpfte der Regisseur und verschwand türenknallend im Foyer.

»Gibt's einen Verbandskasten hinter der Bühne?«, fragte Jakob. Die Assistentin sprang nach vorne über die Bühne und holte die Kiste. Jakob brachte den Arne dazu, das Tuch vom Auge zu nehmen und ihn einen Blick draufwerfen zu lassen. Die Klinge war am Stirnknochen abgerutscht und hatte gerade das Ohr gestreift, ohne am Auge selbst Schaden anzurichten. Jakob desinfizierte und versorgte die Wunde und redete nebenbei auf den Jungen ein: »Wenn die Sanitäter kommen, dann lass dich von denen mitnehmen, damit die Wunde genäht wird. Das muss man schnell machen, dann gibt's fast keine Narbe. Nichts Schlimmes, da war der Schreck größer. Tut's überhaupt noch weh?«

Arne lächelte leicht. »Fast schon nicht mehr.«

»Dann wird alles gut.«

Keine zwei Minuten später war der Notarzt da, im Schlepptau die Sanitäter, die Arne mitnahmen.

»Das Spektakel ist gelaufen, Freunde«, kommentierte Franzbein und hatte mit einem Mal eine große Flasche Obstbrand in der Hand – Williams Birne. »Dieser Schreck rechtfertigt erst mal einen.« Er schickte Personal in die Küche, um Gläser zu holen.

»Da sind ja ein Haufen junge Leute da, die dürfen ja noch gar nicht. Obwohl in dem Fall ist es ja Bühnenschnaps, das gilt nicht.« Franzbein schenkte allen ein. Und alle wurden mehr. Es sprach sich im Haus herum, dass auf der Bühne Session war. Es gab auf einmal auch einen CD-Player und Musik.

»Das Spektakel hat doch gerade erst angefangen«, sagte Jakob zu der Assistentin, zu der er sich still hingearbeitet hatte und deren Jeans in einem Blumenrock steckte. Sie hielt wie Jakob noch ihr erstes Stamperlglas halb voll mit Schnaps in der Hand.

»Kann aber genauso schnell wieder vorbei sein. Wenn der Albert wiederkommt, dann zieht er den Stecker.«

»Albert?«

»Neun, mein Regisseur.«

»Was probt ihr denn?«, wollte Jakob wissen.

»Das ist mehr so ein Projekt, die meisten von denen sind Jugendliche ohne Arbeit. Wir haben halt mit denen so Texte erarbeitet, in denen sie ihre Geschichte erzählen und wieso sie keiner haben will und das setzen wir halt gerade szenisch um, das heißt, wir versuchen es, die meisten von denen haben halt noch nie ein Theater von innen gesehen, die wissen nicht, wie man sich auf einer Bühne benimmt, auf was es da ankommt. Dazu haben sie Streit auf fast jeder

Probe, die hauen auch ineinander rein, als ob sie überhaupt kein Gespür hätten für einen anderen. Und danach sind sie wieder beste Kumpels. Da könnte man fast daraus das bessere Stück basteln. Wobei wir Messer noch nie im Einsatz hatten.«

»Ich habe mir schon gedacht, die sind alle recht jung hier.«

»Es sind ein paar echte Schauspieler dabei, die das Ganze coachen und einspringen, wenn es gar nicht mehr geht – schauspielerisch, nicht beim Raufen.«

»Ich war eigentlich vorhin mit deinem Regisseur verabredet. Wollte ein Interview machen über euer Projekt. Das hat er wohl verschwitzt in der Aufregung. Ich hätte die Geschichte gerne heute Nachmittag geschrieben. Blöd jetzt. Kann ich dir ein paar Fragen stellen?«

»Du, ich kann dich zu ihm bringen. Der ist in seinem Büro. Komm, ich nehm dich mit.« Sie zog ihn mit sich durch das Parkett auf den ersten Zuschauerausgang zu. Jakob goss sich im Stolpern den Rest vom Schnaps in die Kehle. Lauwarm entfaltete er sein ganzes Aroma, gute scharfe Birne im Glas.

»Ehrlich gesagt ist die Messerstecherei eigentlich die bessere Story, da brauch…«

»Hast du Angst?«. Ganz schön keck, die Assistentin.

»Wie heißt du eigentlich?«

»Moni.«

Sie standen vor dem Büro des Oberschauspielleiters und hielten sich noch immer an der Hand. Kleine Mengen ihres jeweiligen Handschweißes hatten sich vereinigt. Die Tür öffnete sich von innen, als Moni zur Klinke greifen wollte. Albert Neun kam ihnen entgegen und ein Jugendlicher, dem er seine Pranke auf die Schulter gelegt hatte.

Er war überrascht, die beiden hier zu sehen: »Habt ihr gelauscht?«

»Nein, wir kommen gerade im Moment«, verteidigte sich devot Moni.

»Das hier ist kein Bürgerbüro, in das jeder reinspazieren kann. Moni, ich möchte, dass du dir dieses Privilegs bewusst bist.«

»Bin ich ja.«

Jakob mischte sich ein: »Entschuldigung, Herr Neun, wir hatten vorher eine Verabredung. Jetzt hab ich mir erlaubt, Sie persönlich…«

»Ach ja, die Presse. Sie haben recht. Entschuldigen Sie, aber Sie haben den Tumult eben mitbekommen. Das ist mir jetzt einfach entrutscht. Sorry.« Neun langte sich an die Stirn. »Heute überschlägt sich alles.«

»Tut mir leid«, entschuldigte sich Jakob. »Ich kann gern ein anderes Mal wiederkommen.«

»Nein, nein, Sie sind ja jetzt vorbereitet. Das machen wir gleich. Haben Sie einen Fotografen dabei? Du, Moni, sei so gut, mach uns doch einen kleinen Kaffee. Und Sie, warten Sie kurz hier, ich muss den anderen mitteilen, dass es in wenigen Augenblicken weitergeht. Können Sie kurz warten in meinem Büro? Das ist übrigens Oliver, dem ist gerade ein Malheur passiert. Das hat sich aber schon geklärt. Ich bin gleich wieder da.«

Beim Hinausgehen nahm er Moni in den Arm und begann, eine Melodie zu pfeifen. Jakob und Oliver standen sich an einem Besprechungstisch gegenüber. Die Wände waren tapeziert mit den Monatsleporellos anderer Stadttheater, auf dem Schreibtisch lag eine Menge unsortiertes Papier, darunter fiel Jakob derselbe Flyer auf, den er eben in die Hand gedrückt bekommen hatte. Er setzte sich auf einen Stuhl, während Oliver ihn keinen Sekundenbruchteil aus den Augen ließ.

Jakob versuchte ein Gespräch: »Wie bist du an dieses Projekt rangekommen?«, sagte er, während er einen kleinen Notizblock aus seiner Tasche zog.

Oliver trat direkt vor ihn hin und spuckte ihm einen Batzen grünen Schleim ins Auge.

WOHNRAUM

Katharina saß auf ihrer Couch. Sie hatte die Sektflasche geöffnet und eines von zwei Gläsern gefüllt. Der Fernseher lief stumm, Kurznachrichten und ein Werbeblock. Vor ihr lag ein Roman, ›Madame Bovary‹, sie schaute die Seiten mehr an, als dass sie las. Sie nahm das Telefon vom Tisch, auf dem auch der Umschlag mit den Schlüsseln zu dieser Wohnung lag, und schaute die Uhrzeit nach. Es klingelte. Sie sprang auf, drückte auf den Haustüröffner und wartete an der Wohnungstür auf den Besucher. Sie umarmte Jakob intensiv und ließ ihn erst dann Jacke und Brille ablegen, beide nass, vom seit Stunden rieselnden Regen.

»Alles in Ordnung bei dir?«, erkundigte sie sich. Sie beeilte sich, vor ihm im Wohnzimmer zu sein, um den Fernseher auszumachen und den Flaubert wegzulegen.

»Weitgehend«, teilte Jakob mit und fiel erschöpft auf die Couch.

»Ich hab was für den Kreislauf.« Katharina schenkte ein und reichte Jakob ein Glas zum Anstoßen.

»Du danke, ich musste heute schon was trinken und ich bekomme so schnell einen wüsten Magen vom Alkohol.«

»Ich möchte mit dir feiern.«

»Was denn?«

»Dass ich wieder eine Spur vom Birne habe.«

»Also gut.« Jakob trank und stieß unangenehm auf.

»Hat alles geklappt, was du vorhattest?«

»Einigermaßen. Ich habe nie viel vor, damit nicht viel schiefgehen kann am Tag.«

»Das klingt interessant, was du da machst«, sagte sie. »Du

hast immer mit anderen Menschen zu tun. Die selbst sind ja schon so interessant, dass sie in die Zeitung dürfen, das multipliziert sich dann ja täglich.«

»Mein Gott, wenn du das so sagst, dann klingt das so gut, dass ich wieder einen Tag durchhalten kann. Sag mir doch jeden Tag so was«, klagte Jakob. »In Wirklichkeit bist du der, den man ständig schieben und schubsen kann, weil er doch seine Zeit einteilen kann und eigentlich eh nichts Ernstes zu schaffen hat. Schmeiß einen Umschlag mit Schlüsseln in seinen Briefkasten, der kümmert sich gleich drum, der hat nichts Besseres vor. Oh Mann, gib mir einen Job, bei dem einigermaßen regelmäßig Geld auf dem Konto erscheint und ich bin sofort dabei, darf langweilig sein und alles. Scheiß-Verlage, musst du dauernd anschreiben, dass sie nicht vergessen, dir das Honorar zu überweisen, immer scheißfreundlich, wenn du einen am Telefon hast, aber immer telefonieren, immer anschreiben, dass die Kohle fließt. Und selbst immer, ja, immer pünktlich und selbstverständlich gern und aufs Komma genau die gewünschte Zeichenzahl. Ja, ich muss ein Idealist sein, ich arbeite für die vierte Macht im Staat, meinetwegen hat sie diesen Anspruch noch.«

Weil Katharina nichts antwortete, nippte er am Schaumwein.

»Hast du heute schon was gegessen?«, fragte Katharina.

»Jahrelang hör ich nichts vom Bruder Birne, der lässt sich am Arsch lecken von mir. Dann kommt der Umschlag und zuerst freu ich mich irgendwo da tief drin, ist ja alles irgendwie Familie, aber dann ist da drin kein persönliches Wort, nur eine Adresse. Mein Gott, schau ich halt hin, könnt ja eine Bedeutung haben, könnt mir ja ein paar Tage Sinn ins Dasein bringen. Jetzt hab ich wenigstens dich getroffen. Wart ihr glücklich miteinander? Ihr wart glücklich miteinander. Du willst deinen Birne wieder haben. Pech bloß, dass ich dir dabei so viel helfen kann wie jeder Beliebige, den du von der Straße hier rauf bitten kannst. Ich bin kein Privatdetektiv und ich kenn meinen Bruder fast gar nicht. Was würd ich jetzt tun, wenn ich der Birne wär? Ich würd bestimmt nicht von dir weglaufen, wenn es mir so gut geht bei dir. Schau, wir haben praktisch nichts mehr gemeinsam, der Birne und ich, außer die Hälfte unseres Erbmaterials, aber das hat jeweils das Gegenteil aus uns gemacht. – War das eben die Klingel? Geh ruhig hin.«

Ein stämmiger Mann in Bomberjacke und mit etlichen Metall-Ringen im Gesicht kam in den Raum, Katharina umarmte auch ihn.

»Servus«, sagte er zu Jakob.

»Servus«, sagte Jakob. »Es gibt Sekt.«

»Keine Umstände. Ich bleib nicht lange.«

»Gibt's was Neues?«, fragte Katharina gierig.

»Nein, deswegen bin ich nicht gekommen. Ich bin auch gleich wieder weg. Fühlt euch nicht gestört.«

»Setz dich doch auf ein Glas.«

»Nichts, nein, keine Zeit.«

»Ich kann auch abhauen«, schlug Jakob vor.

»Nein, du bleibst«, bestimmte Katharina. »Das ist der Bruder vom Birne«, erklärte sie dem Mann.

»Jakob.« Jakob streckte seine Hand hin.

»Servus«, sagte der andere. »Habt ihr ihn jetzt gefunden?«

»Wir haben eine Spur«, behauptete Katharina.

»Freut mich.« Es schien, als sei der Wörtersack, den sie dem Fremden in der Früh für den Tag mitgegeben hatten, beinahe leer.

Stumm ging er zum Terrarium und schaute dem Vieh nach, aus einer Dose, die neben dem Terrarium stand, holte er was Lebendes, Zappelndes, und warf es der Agame hin. Die schluckte dankbar. Im Nacken des Fremden war neben dem zu einem Pferdeschwanz gebundenen langen Haar eine Tätowierung zu sehen: Eine Art Sonne mit böse grinsendem Gesicht, und die Strahlen, die von ihr ausgingen, hatten Haken wie Stacheldraht.

»Clemens ist manchmal komisch. Birne hat ihm so viel geholfen, als es ihm dreckig ging. Der Birne hat so ein großes Herz, der ist ein echter Menschenfreund, deswegen hab ich mich auch mit ihm verlobt. Und der Clemens war beinahe ganz am Boden, als er den Birne getroffen hat. Dieses Misstrauen, diese Scheu Fremden gegenüber ist ihm geblieben. Das hat den jetzt total irritiert, dich hier sitzen zu sehen. Das hat zunächst gar nichts mit dir oder mir zu tun. Er sucht jetzt auch für mich. Er war dem Birne so nah.«

»Dann ist er besser als ich.«

»Nicht in jeder Beziehung.«

»Ich weiß nicht, ich mag eigentlich keine Tiere, die man einsperren muss, die deprimieren mich. Und die hier macht Arbeit wie die Sau. Die frisst nur, wenn das Zeug ganz frisch ist und vor ihre Nase läuft. Abartig. Ansonsten würde sie lieber eingehen. Die war Birnes Hobby, hat er von Clemens bekommen – aus Dankbarkeit. Wenn ich sicher bin, dass Birne nicht mehr zu mir zurückkommt, schenke ich sie dir.«

Die Agame blickte müde auf Jakob und erwartete seine Antwort. »Danke, aber ich will auch keine Tiere einsperren.«

»Das ist mir sehr sympathisch.«

»Das mit der Polizei war gut für den Birne. Er hat innerlich viel gerungen, schließlich ist er aufgegangen in dem Job, er war ihm eine Berufung – nimm ruhig noch einen Schluck, der darf leer werden, ich nehm auch noch – er kam auch gut aus mit den Kollegen. Ich würd schon sagen, er war beliebt. Du bist rot im Gesicht. Ist dir nicht gut? Hast du einen Ausschlag? Allergie oder so was? War die Pizza nicht gut?«

»Das wird der Alkohol sein.«

»Der Alkohol macht dir so lustige Flecken im Gesicht? Nein, dann seid ihr euch darin nicht ähnlich, ihr Brüder.«

»Entschuldigung«, maulte Jakob. »ich sauf mich halt nicht jeden Tag in die Besinnungslosigkeit. Ja, auch darin unterscheiden wir uns.«

»Du bist süß.«

»Was hat er denn da gemacht bei der Polizei? Drogen?«

»Auch. Das waren spannende Sachen. Wenn der Birne vom Tag erzählt hat, dann hab ich keinen Fernseher gebraucht.«

Einstweilen weinte keiner, denn keiner konnte sich vorstellen, dass einem wie Birne was passieren konnte. Gut vorstellen konnte man sich dagegen, dass er sich schlicht selbst aus dem Blickfeld geräumt hatte, nachdem ihm die Dinge zu viel geworden waren. Er war bekannt dafür, alles ein bisschen anzupacken und dann fallen zu lassen, sobald es nach Anstrengung und Schweiß roch. ES IST EINFACH, VIELE SACHEN ZU KÖNNEN. ES IST SCHWIERIG, IN EINER SACHE MEISTER ZU SEIN.

Sie war seine Verlobte und sie erwachte wieder einsam, allein. Sie begann, sich in ihrem Alleinsein einzurichten beim Frühstück. Sie dachte: Suche und fang da an, wo dein Wissen über ihn anfängt. Sie wusste wenig über ihn. Sie hatte sich ihm geöffnet, ohne ihn zu kennen. Seine Vergangenheit hatte er gehütet. Da war was Dunkles oder was Peinliches. Er redete nicht über sich. Er war für sich kein Thema. Und: Er hatte ihr gesagt, dass sein Leben Müll zum Wegschmeißen war, bevor er sie getroffen hatte. Vor ihr saß nun der Bruder, ein lebendiges Stück Birne-Vergangenheit. Dem konnte man einen Hinweis entreißen, wenn man ihn ein bisschen kitzelte.

»Jakob, ich spüre da einen Widerstand, jedes Mal wenn wir über deinen Bruder reden. Woher kommt das? Ich spüre keinen Widerstand, wenn du mir direkt gegenüberstehst. Wie kann ich das deuten?«

»Ich bin besoffen und sackmüde.«

»Es ist halb zehn und du hast eineinhalb Gläser Sekt getrunken.«

»Ich hatte untertags schon.«

»Einen Fingerhut Bier?«, provozierte sie. »Wenn es dich in Fahrt bringt: Ich habe Geld. Wenn du dich entschließen könntest, mir auf der Suche nach Birne zu helfen, dann bezahl ich dich.«

»Das kann ich nicht machen. Ich kann nicht für Geld nach meinem eigenen Bruder suchen.«

»Gut. Dann suchst halt so.«

STADTKANTINE

Jakob trank zwei Aspirin zum Frühstück. Er duschte sich lange und kalt. Er war dabei, seine Laufklamotten aus dem Schrank zu suchen, als das Telefon läutete. Es war sein Redakteur. Es ging um seinen Artikel über das Arbeitslosenprojekt am Theater.

»Servus. Da muss ja gestern einiges los gewesen sein im Theater, Jakob.«

»Kann man so sagen«, stimmte Jakob zu.

Nach einem Sekundenbruchteil-Schweigen erkundigte sich der Redakteur: »Und wieso steht davon nichts in deinem Artikel?«

»Das war nicht mein Thema, ich sollte das Projekt vorstellen.«

»Schon klar. Aber wenn so was passiert, dann erwacht in einem doch der journalistische Instinkt, da klebt man doch an der Fährte fest. Oder?«

»Ich ergänz das, gern, ich hab das ja hautnah erlebt.«

»Nicht nötig. Ich hab schon den Praktikanten losgeschickt, der macht was draus. Dein Bericht kommt dann auch morgen, natürlich kleiner, ohne Bild. Servus.«

Jakob saß fest auf diesem Stuhl mit diesem Telefon in der Hand. Erst dem dritten Befehl gehorchten die Beine und erlaubten es ihm, aufzustehen und seinen Fernseher einzuschalten. Mittagsnachrichten, gemacht von Menschen, die es geschafft hatten, journalistisch. Sogar Birne hatte es geschafft. Irgendwie bei der Polizei. Dann war er verschwunden.

Es war kein Geld gekommen, zeigte ihm die Online-

Übersicht seines Kontos an. Er besaß jetzt noch 14 Euro, das zeigte es ihm auch an. Die Zeitungen müssen sparen, die Anzeigen sind eingebrochen. Wenn sie jeden Freien auch nur einen Tag später bezahlen, dann sparen sich die Zeitungen Massen an Zinsen, wenn sie sie zwei Tage länger hungern ließen, sparten sie sich doppelte Massen an Zinsen. Mit 14 Euro brauchst du nicht zum Schuhekaufen und auch nicht ins Nobelrestaurant, aber eine Kantine wäre drin. Die Theaterkantine ist in Ordnung, doch da schmeckt das Essen zurzeit nach Schnaps und Hader. Die Stadt hat auch eine Kantine, die billig und gut kocht. Pfannenschnitzel für 3,60, Spezi für 0,80. Jeden Tag, heute, morgen.

Jakob setzte sich oben auf dem Verwaltungsgebäude der Stadt, wo man eine Postkartenaussicht über das verwaltete Gebiet hatte, an einen Platz, von dem er den Norden, Osten und den Eingang gut überblicken konnte. Er hatte zum Schnitzel Kartoffelsalat gewählt, keine Pommes. Ketchup kostet 0,30 Cent extra inzwischen, früher war ein großer Kübel zum Selberbedienen neben der Kasse gestanden. Jakob zwang sich, gegen seinen großen Hunger langsam zu essen. Ein halbes Schnitzel lag noch vor ihm und er hätte schon aufhören können, ohne mit Schmerzen im Bauch heimwanken zu müssen. Am Eingang erschienen Moni und Albert Neun. Moni sah ihn nicht, Herr Neun schon, doch als Jakob grüßte, nickte er nur abwesend zurück, gerade so, als ober sich nicht mehr erinnere, wer der Schnitzelesser sei. Du hast immer mit anderen Menschen zu tun und die selbst sind schon so interessant, dass sie in die Zeitung dürfen, das multipliziert sich ja täglich. Die Katharina hatte gut reden. Erst das Fressen, dann die Moral. Oder: Weil der Mensch ein Mensch ist, braucht er was zum Essen bitte sehr. Wenn die heute noch das Telefon abbuchen, dann war das vorerst die letzte Mahlzeit. Gut, dass sie wenigstens gut war. Und danach nur noch Moral.

Moni steuerte das Klo an. Jetzt sah sie Jakob, sie lachte und kam zu ihm. Ohne ihn um Erlaubnis zu fragen, herzte sie ihn an seinen Schultern und setzte sich an den Tisch.

»Zuerst lebt man jahrelang in derselben Stadt, ohne sich über den Weg zu laufen und plötzlich sehen wir uns täglich. Wer glaubt jetzt nicht ans Schicksal? Wie ist dein Artikel geworden? Ich freu mich schon.«

»Da muss noch was raus, aber passt«, fasste Jakob die Lage in Worte. »Wie laufen eure Proben?«

»Heiße Phase jetzt. Da geht allen das Wasser, klar. Du kommst doch zur Premiere?«

»Bin mir noch nicht sicher.«

»Ich reserviere dir eine Karte. Oder zwei?«

»Eine passt. Was ist mit eurem Problemkind?«, erkundigte sich Jakob.

»Welches meinst du? Ach, Oliver. Das war ein einmaliger Ausraster, der ist wieder voll in der Gruppe. Arne hat ihm das verziehen. Wir haben uns drauf geeinigt, dass keiner ein Wort zur Polizei sagt, damit unser Oliver nicht noch mehr Probleme kriegt. Wäre schade um den Kerl, der hat was drauf, auf der Bühne und auch sonst.«

Beim Verdauungsheimweg wollte Jakob das Theater meiden und bog vorher rechts ab in die Frölichstraße und stand nach wenigen Schritten vor der Polizeiinspektion Augsburg-Mitte, aus der heraus Birne gegen das Böse gewirkt hatte. Jakob nahm einen tiefen Zug Freiluft und betrat das Gebäude. Man empfing ihn hinter einer Rezeption und fragte nach seinem Problem.

»Guten Tag. Ich bin nur wenige Stunden in der Stadt,

muss umsteigen am Bahnhof nach Südtirol, und will nun meinen Bruder sehen. Er heißt Birne und soll hier arbeiten.«

Der Beamte vor ihm schaute zu Boden und ihm dann ins Gesicht. »Der soll hier arbeiten, der arbeitet aber hier nicht. Wo er sich gerade aufhält, kann ich Ihnen auch nicht sagen.«

»Wer kann mir das denn sagen?«

»Sie sind der Bruder?«

»Sag ich.«

»Dann müssten Sie mehr wissen als ich. Kann ich sonst noch was für Sie tun?«, fragte der Mann ungeduldig.

»Nein, mir fehlt sonst nichts.« Jakob ließ seinen Kopf enttäuscht hängen.

»Das tut mir leid für Sie. Hier weiß keiner was. Der Birne ist einfach weg. Wir sind nur die Polizei, wir sind nicht der Liebe Gott.«

Langsam setzte Jakob seinen Weg fort. Er schloss den Reißverschluss seiner Jacke, der Wind blies ihm ins Gesicht. Es war immer noch zu kalt für diese Jahreszeit. Jeden Tag zu kalt. Eine blonde Polizistin rannte aus dem Gebäude ihm nach, klopfte ihm auf die Schulter und sprach ihn an: »Sie sind Birnes Bruder?«

Jakob drehte sich um und blickte in ein fragendes Gesicht. »Ich bin Birnes Bruder.«

»Sie wissen auch nichts.«

»Was wissen Sie?«

»Dass er eines Tages nicht mehr aufgetaucht ist. Nicht einmal seine Verlobte weiß was. Birne ist verschwunden, keinen regt das auf«, stellte die Polizistin traurig fest.

»Mich regt das schon auf, ehrlich gesagt«, empörte sich

Jakob. »Das ist unsere Gesellschaft: Jeder ist jedem allmählich egal. Solange du Leistung pünktlich ablieferst, bist du okay und wenn du nur einen Tag fehlst, ist es so, als hätte dich deine Mutter nie geboren.«

»Haben Sie einen Moment für mich? Ich lade Sie auf einen Kaffee ein. Hier gleich im Eiscafé.«

Jakob rührte in seinem Tee, der auf seinem Tisch stand, als er von der Toilette zurückkam. Er hatte kurz in seinem Portemonnaie gewühlt und wusste nun, dass er die Einladung annehmen musste.

»Was war denn Birnes Fall zuletzt?«, eröffnete er.

Die Polizistin, die sich als Tanja vorgestellt und ihm sofort das Du – sie und Birne seien extrem gut bekannt – angeboten hatte, suchte in dem Gesicht gegenüber nach Spuren von Birnes Physiognomie. Ein ungepflegter Bart und eine die Proportionen verschiebende Brille gegen Weitsichtigkeit erschwerten das Bemühen. Der Mann roch streng. Keiner, in den man sich auf den ersten Blick verliebt, dafür war zu wenig Arsch in der Hose und zu viel Huhn an der Brust.

»Davon hast du bestimmt gelesen. Birne hatte einen Riecher für die medienträchtigen Geschichten. Sagt dir der Name Heinz Horst was?«

»Klar.«

»Den hat er noch besucht, danach hat ihn keiner mehr gesehen. So weit sind wir jetzt.«

»Sucht ihr schon offiziell?«

»Bei Birne? Der ist ein erwachsener Mann. Wahrscheinlich hat er auf irgendwas keinen Bock gehabt.« Tanja rührte konzentriert in ihrem Cappuccino-Schaum. »Die Verlobung, das ist mein Tipp. Birne ist keiner, der heiratet, der zockt lieber. Bist du verheiratet?« Jakob schüttelte den Kopf und

Tanja fuhr fort: »Dann liegt das in der Familie. – Heinz Horst war ein couragierter Rentner. Er war auch in seinem Berufsleben couragiert, aber nach seiner Pensionierung hat er seine Courage zum Lebensmittelpunkt gemacht, zumindest nachdem seine Frau gestorben war.«

»Ja, der hat sich hingestellt gegen die braune Nazibrut«, trug Jakob bei. »Der war ein Vorbild.«

»Leider war er ein Vorbild, das ist ihm jetzt zum Verhängnis geworden. Den haben ein paar Jungs abgepasst, als er zu seinem Schrebergarten geradelt ist, da haben die ihn runtergezogen vom Sattel und ihn an ihrem Schlagring lecken lassen.«

»Wie geht es ihm?«, fragte Jakob.

»Er ist wieder auf den Beinen und redet wieder, aber man versteht ihn schlechter als vorher. Immerhin ist seine Courage nicht gebrochen. Da muss er weiter aufpassen. Wieso willst du das wissen?«

»Ich suche nach Birne.«

»Tu mir den Gefallen und versuch nicht unsere Arbeit zu machen. Heinz Horst hat sich da in etwas reingeritten, aus dem er lebend wahrscheinlich nicht herauskommt. Wir sehen dieser Sache mit großer Besorgnis zu, aber es ist alles noch zu diffus, um ernsthaft eingreifen zu können. Die organisieren sich besser als früher.«

»Die Rechten?«

»Die Radikalen. Da bilden sich mafiöse Strukturen. Halt dich da fern, das könnte dich deinen Kopf kosten.«

»Muss ich mir Sorgen machen?«

»Um Birne? Ich würde jetzt gern nein sagen.«

Sie streckte ihm eine Visitenkarte über den Tisch. Als er sie greifen wollte, nahm sie sie noch einmal, um eine Telefonnummer draufzuschreiben. »Das ist die private und die Handy. Du bekommst von mir alles, was dir hilft. Wenn du weiter hier vor läufst, am Bahnhof vorbei unter der Unterführung durch, kommt links das Rosenau-Stüberl. Da hat er sich manchmal besoffen, wenn er sich eingebildet hat, dass er sich bestrafen müsse für irgendein Versagen.«

»Danke.«

»Und lass uns unsere Arbeit machen. Ich misch mich auch nicht in dein Geschäft ein. Und selbst wenn ich es machen würde, käme keiner, um mir die Finger abzuschneiden.«

WESTHEIM

Katharina fand die Idee gut, Heinz Horst aufzusuchen und zu befragen, wirkte aber am Telefon seltsam abgelenkt und erlaubte Jakob, allein loszustechen.

Jakob radelte nach Westheim, das liegt vor den Grenzen der Stadt, zwar einwandfrei per Zug zu erreichen, aber nur für die, die das Geld hatten. Jakob hatte sein Handy in der Hosentasche und wartete bei jedem Treten auf ein Vibrieren, das den Anruf irgendeiner Redaktion dieser Welt bedeutete. Jedes Wort, das getippt und bezahlt war, erlaubte weiteres Überleben um Sekunden.

Heinz Horsts Adresse kam aus dem Internet. Der Vorgarten des weißen Hauses verbuschte und ersehnte eine gärtnernde Hand. Für ein paar Euro kann man hier aufräumen. Jakob hatte sich telefonisch nicht angekündigt und erwartete, dass der alte Mann ihm nur vorsichtig begegnen würde. Er täuschte sich. Kurz nach seinem Klingeln, stand der Alte im Hauspyjama vor ihm.

»Sie wünschen?«

»Sind Sie Heinz Horst?«

»Bin ich, junger Mann. Und mit wem habe ich es zu tun?« Man verstand ihn nicht gut, weil irgendwas in seinem Kiefer noch nicht an seinen ursprünglichen Platz zurück gewachsen war.

»Der Name allein wird Ihnen nichts sagen. Ich bin der Bruder von Birne.«

»Der Polizist Birne? Das ist ein feiner Kerl. Haben Sie ihn gefunden?«

»Im Gegenteil. Ich bin noch auf der Suche.«

Der Alte erlaubte ihm einzutreten, ohne dass Jakob sich ausweisen musste. Er drehte ihm den Rücken zu und bat ihn, ihm zu folgen. Jakob schloss die Tür. Das Haus war voller antiker Mobilien, in Ordnung gehalten, möglicherweise von einer Haushälterin. Im ersten Stock im Wohnzimmer kamen sie zum Sitzen. Ein Bild vom Bischof hing neben der Mutter Gottes und Jungfrau Maria, und das hing neben einem Kruzifix, an dem der Heiland die Größe eines Neugeborenen besaß.

»Ist antik«, klärte der Hausherr auf. »Ist eine Menge wert. Beten Sie?«

»Wie?«

»Sind Sie gläubig?«

»Schon.«

»Gut. Die schlechteste christliche Welt ist immer noch besser als die beste nichtchristliche. Wissen Sie, von wem das Zitat ist?«

»Natürlich.«

»Ich habe mein Berufsleben lang viel mit Menschen zu tun gehabt, allen möglichen Menschen. Der Birne ist ein Verlust für die Justiz«, jammerte Heinz Horst.

»Meinen Sie, es gibt keine Hoffnung?«

»Hoffnung gibt es immer; der Birne hat sich auch mit der rechten Mafia angelegt, da ist die Hoffnung immer ein bisschen kleiner als in den anderen Fällen.«

»Was ist die rechte Mafia?«

»Wissen Sie gar nichts? Ja, nun, was soll ich erklären? Die strukturieren sich immer besser. Das sind nicht nur ein paar kleine braune Glatzen, die blöd wählen, das ist inzwischen eine internationale Nationalbewegung mit richtig Macht und Einfluss und ich weiß nur, dass der Birne da kräftig rein gerührt hat. Normalerweise überlebt man das nicht. Trinken Sie einen Kaffee mit?«

»Lieber Tee.«

»Hab ich nicht.«

»Sie haben es doch auch überlebt.«

»Erstens: Die Frage ist, ob es überhaupt die Rechten waren. Zweitens: Ich mein, das waren Deppen, die waren zu klein, die durften nicht viel anrichten. Ich war 40 Jahre lang Richter, immer Strafsachen, meistens Jugendgericht. Mein ganzes Leben lang: Nur fünf Jahre waren ausgenommen, da hab ich ganz was anderes gemacht. Da war ich Hotelier. Fünf Jahre und 100 Prozent Auslastung. Und oftmals waren wir überbucht!«

»Ganz schön erfolgreich. Warum haben Sie aufgehört?«

Der Alte lachte leise, aber von innen heraus. »Blutauffrischung – leider auch für Vollzugsanstaltsleiter.«

»Dafür haben Sie aber noch viel Vertrauen in Ihre Mitmenschen.«

»Wieso?«

»Sie öffnen mir Ihre Tür, Sie setzen mich in Ihr Wohnzimmer, Sie erzählen mir Ihr Leben. Was wäre, wenn ich Sie abstechen und ausrauben wollte?«

»Dann wäre es halt so. Lachen Sie, wenn ich sage: Der Herrgott beschützt mich. Wenn er mich nicht mehr hier haben will, dann schickt er einen Engel, der mich zu ihm holt.«

»Ich lache überhaupt nicht. Ich finde das schön.«

»Sehen Sie. Das bedeutet ja nicht, dass ich mich hierher setze und die Hände in den Schoß lege. Eigentlich ist noch so viel zu tun, wenn ich mir das recht überlege. Da reicht ein Leben gar nicht aus.«

»Sie engagieren sich für Zivilcourage.«

»Nicht nur das, mein Freund. Ich engagiere mich gegen den Werteverfall, gegen den Religionsverlust. Sie lächeln immer, wenn ich so rede. Lachen Sie mich aus?«

»Ganz im Gegenteil. Ich finde es ausgesprochen bewundernswert.«

»Mit Ihrem Bruder Birne konnte man eine Menge anfangen, aber im Kern hat er's nicht kapiert. Der war noch auf der Suche, ist ja keine Sünde, noch zu suchen. Ich war früher auch ein anderer und ich bin froh, dass ich unter Menschen kommen konnte, die mich auf den Weg gebracht haben: Freunde und vor allem Feinde. Von den Feinden lernen wir, indem wir uns abgrenzen. Pflegen Sie Ihre Feindschaften. Haben Sie viele Feinde?«

»Geht so.«

»Kämpfen Sie. Ecken Sie an.«

»Haben Sie eine Ahnung, wo ich meinen Bruder finden kann?«

»Guter Anfang. Wenn Sie ihn aufrichtig suchen, stecken Sie innerhalb von ein paar Tagen bis zum Hals im Schlamassel, das verspreche ich Ihnen.«

»Was treibt er denn?«

»Er treibt sich vor allem mit eigenartigen Personen rum. Nun gut, er ist erwachsen, er muss wissen, was er tut. Es ist nicht das erste Mal, dass er zündelt, und wenn er sich dabei verbrennt, dann ist das auch nicht das erste Mal. Dennoch ist er ein prima Kerl, ich arbeite gern mit ihm. Trinken Sie einen Whisky mit?«

»Untertags bitte keinen Alkohol.«

»Dann hab ich gedacht, ich hab eine echte Menschenkenntnis, dann können Sie gar nicht der Bruder vom Birne sein. Oder ist einer adoptiert gewesen?«

»Birne hätte jetzt Schnaps getrunken?«

»Wir hätten zu zweit die Flasche leergemacht. Das war halt noch ein Polizist. Sie sind keiner, nicht wahr?«

»Ich schreibe.«

»Sehr gut, da fällt mir was ein. Sie meinen sicher, wenn Sie sich hier umsehen, dass der Alte eine Menge Zeit hat und alles tun kann, wonach ihm der Sinn steht und wozu ihm ein Leben lang die Zeit gefehlt hat; keineswegs. Kaum habe ich täglich auch nur das Nötigste verrichtet, ist es nachmittags fünf Uhr und Zeit für den Whisky. Dabei hätte ich noch so viele Pläne. Da kommen Sie mir in den Sinn: Hätten Sie nicht Zeit und Lust, mir abends, so ab fünf ein bisschen zuzuhören, wie ich Ihnen aus meinem erfüllten Leben erzähle, ein bisschen mitzuschneiden und mir dann daheim meine Memoiren aufzuschreiben? Ich zahl gern was dafür. Da ist eine Menge ungesagt und es wär so bedauerlich, wenn ich das mit hinüber nehmen müsste zum Herrgott.«

»Gern.«

»Ich hätte es nicht geahnt am Morgen beim Aufstehen, aber es wurde ein Glückstag für mich. Jetzt trinken wir aber einen.«

»Meinetwegen. Zur Feier des Tages.«

Der Alte stellte die Flasche ab, bevor er sein Glas füllen konnte. »Augenblick. Da ist wieder jemand an der Tür. Ich geh kurz runter nachsehen.«

Jakob hatte nichts gehört. Heinz Horst verschwand. Jakob blieb zurück mit dem Schnaps. Im Raum eine mannshohe Schrankuhr, Versteck fürs siebte Geißlein, auch ausgewachsen. Im Regal eine Reihe griechischer und lateinischer Dichter im Original, benutzt, nicht angestaubt. Das Bild vom Bischof von Augsburg rahmte ein Rosenkranz, auf einem Tischchen eine Marienstatue aus Lourdes. Von unten ein leichter Schlag wie ein Besen, der auf einen Teppich fällt. Ganz leicht. Jakob hörte durch die offene Tür und das Treppenhaus keine Stimmen nach oben dringen.

Er stand auf und ging zwei Schritte zur Tür. Eine auffällige Stille. Über roten Teppich zwischen bemalten Vasen schwebte er nach unten. Und in dem roten Teppich ging rein farblich auch die Blutlache unter, in der Heinz Horst lag, direkt vor seiner Haustür, die weit offen stand, um den einsetzenden grauen Nachmittagsregen einzulassen.

Jakob untersuchte den alten Mann – er war tot, nichts mehr zu machen; er blutete, weil er seinen Kopf aufgeschlagen hatte beim Fallen nach hinten, er war gefallen vielleicht wegen eines Infarkts, vielleicht weil ihn jemand umgeworfen hatte. Jakob trat in den Garten und fand dort niemanden, am Zaun lehnte sein Fahrrad, es war kaputt getreten worden, unfahrbar gemacht. Jakob untersuchte den Schaden, er konnte nichts machen, er stand auf, um im Haus ein Telefon zu suchen und den Notarzt kommen zu lassen. Hinter ihm stand ein Fremder, streckte ihm seine Hand hin und fragte mit osteuropäischem Akzent: »Gehen wir?«

»Ich kann nicht weg hier.«

»Wieso sollte ich dich dann hier abholen?«

»Mich soll niemand hier abholen.«

»Birne?«

»Ich bin nicht Birne.«

»Nicht Birne?«

»Da drin liegt ein Toter.«

»Und Birne?«

»Der Tote ist nicht Birne. Haben Sie diesen Mann erschlagen?«

»Du bist doch blöd.« Er schmiss Jakob in die Reste seines Fahrrads und rannte davon. Jakob stellte sich träge auf und eilte hinterher, doch der andere war verschwunden. Jakob kehrte zurück.

Clemens saß mit im Auto. Er schwieg und suchte nach einem Radiosender. Jakob saß hinten und konnte seinen Blick nicht von der Tätowierung in Clemens' Nacken abwenden.

»Tut mir leid, aber mir ist ehrlich gesagt niemand eingefallen, den ich hätte anrufen sollen. Die – wer auch immer das war – haben in ihrer Wut mein Fahrrad zertreten, der alte Mann war ihnen nicht genug. Ich kann mir die Reparatur nicht leisten, ich zeig dir meinen Kontoauszug.«

Katharina schaute geradeaus in den einsetzenden Berufsverkehr. Clemens hatte eine Station gefunden, die ihm CCR spielte. Bad Moon Rising. Bad Moon keine Frage. Katharina war elegant geschminkt. Die roten Lippen spiegelten das Rot der Ampeln wider.

»Du, ich möcht das nicht mehr, dass du weiterforschst, das bringt dich in Gefahr. Was hat der Alte wissen können? Birne kommt wieder, wenn er es für richtig hält und wenn nicht, dann ist die Welt jetzt ohne Birne.«

»Nein. Er ist mein Bruder und dein Verlobter, er ist wahrscheinlich in Gefahr.«

Clemens lachte auf, das erste, was er sagte, war: »Haben sie dich jetzt nicht unter Mordverdacht?«

»Das kaputte Fahrrad entlastet mich. Der Notarzt sagt, es war wahrscheinlich ein Herzinfarkt, kein Mord. Wir brauchen keine Polizei.«

»Und der Typ? Was war das für ein Mann?«

»Er hat Birne gesucht wie wir. Wir sind so nah dran. Wir haben ihn praktisch.«

Clemens lachte wieder, sagte aber nichts, dafür Katharina: »Fahr doch, du Pisssack, grüner wird's nicht. Scheiß Oberhauser Ampelschaltung.«

PARTY

Um sieben schien die Sonne noch, die ersten feinen Menschen fanden sich im großen Haus des Stadttheaters zur Premiere ein. Unter die Erwachsenen mischten sich immer mehr salopp gekleidete Jugendliche, die die im Stück verhandelte Gruppe repräsentierten. Jakob hatte sich hergemacht, ein kariertes Hemd und ein hellblaues Sakko im Schrank gefunden. Dergleichen angezogen, sah Jakob aus wie ein Total-Deplatzierter oder ein Extrem-Künstler. Er senkte seinen Kopf tief über den Büchertisch im Foyer, blätterte konzentriert in einzelnen Büchern und ließ gelegentlich einen Blick zu auf die anwachsende Menge Publikum. Fünf vor halb klingelte die Glocke zweimal und Jakob eilte zielstrebig zu seinem Platz, rechts vorne im ersten Rang, kein teurer Platz, wenn man ihn regulär erstehen musste, aber dennoch gute Sicht über die komplette Bühne. Die war weitgehend leer, ein paar Stühle und an die 15 junge Männer und Frauen, die nacheinander aus ihrem Leben erzählten. Gemeinsam war ihnen, dass sie nach ihrer Schule keine Ausbildungsstelle gefunden hatten und sich nun auf kollektive theatrale Ursachensuche begeben hatten, eine Maßnahme der Arbeitsagentur. Zwischen den Schicksalsszenen zeigten sie, was sie noch drauf hatten, im Wesentlichen konnten sie Reime auf Beats machen. Die alten, erfahrenen Schauspieler rezitierten Texte von Kästner, Döblin und Brecht, in denen es um die Ausbeutung des Prekariats ging. Jakob zählte von oben die schlafenden Männer im Parkett und freute sich still über die Gattinnen, die sie mit Ellbogen-Stößen in die Rippen wieder zurück ans Geschehen vorne holen wollten. Eineinhalb Stunden Lebenszeit vergingen, bis enthusiastischer Applaus einsetzte. Angehörige erhoben sich von ihren Plätzen und riefen »Bravo!«. Auch Jakob klatschte in die Hände, um nicht aufzufallen. Albert Neun, Moni und der dritte Mann vom Regiepult zeigten sich auch auf der Bühne, Neun nahm sie beide an der Hand und gab ihnen ein Zeichen, sich zu verbeugen. Moni suchte die Zuschauerreihen ab und sah Jakob sitzen, sie lächelte ihn an. Als sich alle akustisch erleichtert hatten und sich den Ausgängen zuwandten, erschien noch einmal Albert Neun auf der Bühne, Bühnenarbeiter trugen neue Stühle auf die Bühne. Zwei ältere Herren, eine Dame voll Würde und der Jugendliche Oliver kamen und wurden mit Headset-Mikrofonen ausgestattet. Das Licht im Zuschauerraum ging aus. Die Ausgänge waren versperrt. Keiner konnte mehr raus. Alle waren jetzt drin im Publikumsgespräch. Albert Neun moderierte und interviewte sich selbst. Die Dame war von der Arbeitsagentur, die Herren von der sponsernden Sparkasse und der Industrie- und Handelskammer.

Es sei ungewöhnlich, ein solches Werkstattprojekt auf einer so großen Bühne zu zeigen, doch der Erfolg – alle Zusatzvorstellungen seien ausgebucht –, bestätige die Richtigkeit des Experiments, man hoffe, dass alle Jugendlichen durch diese Maßnahme nun eine Lehrstelle fänden, Betriebe zeigten großes Interesse an der Theaterarbeit und an den jungen Menschen, für ein örtliches Geldinstitut sei es eine Selbstverständlichkeit, ein solches Projekt zu unterstützen, das am Ende ja auch die lokale Wirtschaft stärke, auf ihrer Suche nach dem besten Humankapital, sie sei erstaunt, was für eine Weitsicht der gute alte Brecht schon gehabt habe, andererseits seien die Verhältnisse damals ja vergleichbar gewesen, gerade das beweise ja, wie wichtig Theaterarbeit heutzutage sei, dass man von den Brettern aus, die angeblich die Welt bedeuteten, immer noch dieselbe verändern könne, wolle man dies nur, und Oliver sei ja sonst nie in ein Theater gegangen, könne sich aber jetzt schon vorstellen, hier zu arbeiten einmal, vor allem als Techniker, das fasziniere ihn, die großen Scheinwerfer.

Jakob entdeckte, kurz bevor die Fragerunde eröffnet wurde, eine schlampig mit wenigen grauen Haaren überkämmte Glatze im Parkett. Sie gehörte einem Mann, der ähnlich wie Jakob, fest in seinem Programmheft mit einem Kugelschreiber herumschrieb – der Großkritiker Schultzberg. Es gibt viele engagierte Bürger in Augsburg, die auch was zu sagen haben, wenn man sie fragt und die auch was hören wollen, wenn sie fragen. 50 Minuten Lebenszeit vergingen.

Die Premierenfeier sollte in der Kantine abgehalten werden. Jakob hatte sich nicht beeilt und war doch einer der ersten unten. Franzbein nahm ihn in Empfang: »Hier geht es gleich richtig rund. Da nimm.« Jakob hatte eine Pilsflasche in der Hand. »Prost. Und viel Spaß.«

Der Keller füllte sich allmählich. Es gab Häppchen. Jakob lehnte sich an eine Säule mit seinem Pils. Von dort hatte er den Eingang gut im Blick und die, die reinkamen, ihn. Der Star, der Regisseur, kam und nahm ihn wahr, wusste im Moment nicht, woher er ihn kannte. Er grüßte freundlich, gab Jakob die Hand und sagte dann: »Helfen Sie mir!«

»Presse.«

»Richtig. War ein wilder Artikel, den Sie da geschrieben haben, über die vermeintliche Messerstecherei. Da wäre es mir das nächste Mal lieber, Sie ließen es mich noch mal gegenlesen, bevor Sie es an die Redaktion schicken. Abgemacht?«

»Das ist nicht üblich.« Jakob erwähnte nicht, dass er diesen Artikel nicht geschrieben hatte.

»Sie sind zu kurz dabei, das war bis vor wenigen Jahren gang und gäbe, dass Theater und Presse Hand in Hand arbeiten. Schließlich stehen sie auf derselben Seite beim Bedienen des Publikums. Aber gut, wie Sie meinen, die Professionalität geht in Ihrem Handwerk immer stärker verloren. Man muss sparen, überall. Am besten, wir schreiben uns die Artikel selbst und Sie drucken sie in Zukunft nur noch. Spart man noch mehr und es steht wenigstens die Wahrheit im Blatt und nicht irgendwelches Zeug, das irgendwo zusammengeklaubt und halb verstanden wiedergegeben worden ist. Ich schmeiß mich jetzt mal ins Volksbad, muss sein. Networking ist alles. Sind Sie Samstag auch vor Ort?«

»Was ist da?«

»Ich hab Ihrer Redaktion bereits eine Info schicken lassen. Wer kümmert sich denn da drum? Was dieser Stadt echt abgeht, ist eine vernünftige Tageszeitung und nicht so ein elendes Parteiblatt. Also, noch mal zum Mitschreiben: Samstag ist Aktion des Theaters gegen Rechts. Wir entrollen ein riesiges Banner von der Frontwand. ›Anstatt dass sie zuhause bleiben … Augsburg steht auf gegen Rechts‹. Die wollen hier auf dem Platz vor dem Haus ihre Kundgebung machen, da haben sie dann die passende Kulisse. Gegendemo gibt es auch, die machen dann Lärm, und wir sind wieder sauber. – Ah, darf ich Ihnen meine reizende Kollegin Moni vorstellen? Moni, der Mann ist von der Zeitung. Erzähl ihm vom Samstag. Ich geh in die Masse. Wir sehen uns später.«

»Wie fandest du's?«, wollte Moni wissen.

»Nicht schlecht. Habt ihr eine Menge Arbeit gehabt.«

»Ich bin total fertig. Albert sagt, dass ich eventuell in der nächsten Saison eine eigene Inszenierung mit dem Jugendclub machen darf. Prima, oder?«

»Klingt spannend.«

Moni lächelte ihn breit an, im Vorbeigehen grüßte sie jemand und sie winkte ihm nach. Sie hatte sich für den Abend herausgeputzt. Sie wollte triumphieren. Die anstrengende Arbeit der vergangenen Zeit hing noch in ihren Augen, die Jakob sanft musterten. Er klopfte ihr unsicher auf die Schulter und gratulierte ihr, dann sagte er »Ja«, steckte die Hände in seine hinteren Hosentaschen und schwieg.

»Ich hol Bier, okay?«

»Mir keines mehr«, rief er ihr nach. Sie war weg. Sie kam auch so schnell nicht wieder. Jakob beobachtete die Leute. An einem Stehtisch stand Schultzberg mit seinem fetten Bauch und stopfte Häppchen in sich. Ab und zu musste er Vorbeigehende grüßen. Es standen schon vier leere Bierflaschen vor ihm, die fünfte nahm er einer Bedienung ab. Die Jugendlichen, die, die mitgewirkt hatten, und ihre Freunde, hingen in einem eigenen Eck ab. Sie redeten wenig und schauten ernst zu. Für sie war das jetzt erst das Schauspiel, und es amüsierte sie wenig. Jakob suchte das Klo auf. Würde er bei der Rückkehr in den Partyraum nicht sofort Moni in die Arme laufen, wäre es das für ihn gewesen und sein Bett die nächste Station des Abends.

Er war allein auf der Toilette. Als er sich den Reißverschluss hochzog, hörte er hinter sich ein Stöhnen. Diskret wusch er sich die Hände und wurde sich beim Abtrocknen bewusst, dass es sich nicht um ein Kopulationsgeräusch handeln konnte, zu monoton und angestrengt klang es. Die Tür der ersten Kabine war angelehnt, Jakob stieß sie auf. Ein Mann kniete neben der Schüssel, seine Hand war darin, steckte in Erbrochenem. Er kam nicht mehr hoch.

»Geht's Ihnen nicht gut?«

Der andere antwortete nicht, stierte nur grob in Jakobs

Richtung. Jakob zog ihn hoch und ans Waschbecken. Sobald Wasser über seine Hand lief, begann der Betrunkene, ein gesetzter Herr, zu kooperieren. »Meine Frau.«

»Was ist mit ihr?«

»Können Sie mich zu ihr bringen? Bitte.«

»Ist sie oben?«

»Auf der Feier, ja.«

Jakob führte ihn den Gang entlang, da stockte er wieder.

»Entschuldigung. Das geht noch nicht. Ich blamiere mich dort oben. Ich muss noch ein wenig ausruhen. Können Sie mir helfen?«

Jakob musste ihn stützen. Den Weg wusste der Betrunkene noch, obwohl er kompliziert war. Diverse Gänge im Keller an Werkstätten vorbei, dann ein Treppenhaus in den zweiten Stock, Büroräume. In ein Zimmer ließ er sich führen, in dem in der Ecke ein Sofa stand. Jakob durfte ihn dort ablegen.

»Vielen Dank. Das war gut. Ich hätte so nicht mehr da reinkönnen, das verstehen Sie.« Er holte sein Handy raus und begann etwas einzutippen. »Ich ruhe mich hier eine Weile aus. Gehen Sie ruhig zurück zum Feiern. Halt. Eins noch.«

Er reichte Jakob eine Visitenkarte. Jakob hatte einem »Dr. Max Lugner, Arzt für Schmerztherapie und Onkolyse« geholfen. »Ich will mich noch bei Ihnen bedanken. Der Gefallen, den Sie mir eben erwiesen haben, ist größer, als er Ihnen im Moment scheint. Melden Sie sich die kommenden Tage mal.«

Nach ein paar Metern kannte sich Jakob wieder aus. Da war das Büro von Albert Neun, von da wusste er, wie er zurück auf die Party kam. Aus dessen Büro kamen seltsame

Geräusche, ein Schnaufen, Holz, das gegen Beton schlägt. Die Tür war nicht abgeschlossen. Jakob öffnete sie leise und spähte vorsichtig hinein. Albert Neun hatte auf seinem Schreibtisch freudlosen Geschlechtsverkehr mit seiner Assistentin, er erinnerte sich an ein Bild von Helmut Newton. Damit hatte sie nächste Spielzeit ihre eigene Inszenierung. Jakob bemerkte keiner.

TRINKRAUM

Jakob hatte das Gefühl, sich bestrafen zu müssen. Er hatte umsonst gegessen und umsonst zwei Schlucke aus einem Bier bekommen, dessen Rest warm wurde und auf der Premierenparty vergeblich auf ihn wartete. Er schlenderte ohne Eile Richtung Bahnhof, rechts an ihm vorbei, unter einer Unterführung durch und stand dann vor dem Rosenaustüberl, wohin auch Birne immer musste, wenn die Ordnung aus den Fugen war. Man konnte von außen nicht in den Gastraum sehen, es hingen rauchbeige Gardinen in den Fenstern und eine grellgelbe Halogenröhre. Wer nicht ernsthaft trinken musste, wurde davon abgestoßen. Ein dunkler Drang zog Jakob rein. Drei Tische, einer davon besetzt, und die Plätze an der Theke, von denen auch nur einer besetzt mit einem grauhaarigen Mann, der gewaltig einen sitzen hatte, ansonsten relativ unverlebt dreinblickte. Jakob setzte sich an die Theke mit zwei Hockern Abstand und hatte, ohne irgendwas zu sagen, ein phänomenal schlecht eingeschenktes Helles vor sich stehen. Diese Plörre kippen zu müssen, bedeutet auch für einen guten Trinker wie Birne Strafe. Jakob hob das Glas versuchsweise, setzte es aber wieder ab, bevor die Flüssigkeit seine Lippen berührte. Da drin schwammen seine letzten Euros. Es wurde geraucht in dem Raum, was nicht heißt, dass hier geraucht werden durfte, sondern dass alle rauchten, als wäre morgen der Tabak weg von der Erde. Mehr noch als nach Rauch, roch es nach Testosteron. Alle Gäste waren Männer, nur die Thekenkraft war eine Art Frau. Jakob vertiefte sich in eine Boxveranstaltung im Fernsehen.

Er reagierte wie aus einem Nebel heraus, weil er es für so

unglaublich hielt, dass ihn hier einer ansprach. »Hey Mann, kannst du nicht mehr trinken oder noch nicht?« Der Thekenpartner war das, hatte seine Zigarette für den Satz aus dem Mund genommen und schob sich jetzt neben Jakob. »Komm ich zahl dir einen Schnaps. Ich trinke Birne, du auch.« Er winkte der Bedienung: »Zwei Willi.«

Jakob ließ sich auf ein Anstoßen ein.

»Nicht dass du denkst, ich quatsche wahllos Leute in Kneipen an, keine Angst, so einer bin ich nicht; dein Gesicht ist mir so bekannt vorgekommen, ohne Bart und Brille könntest du ein Kumpel von mir sein und so würde ich euch glatt für Brüder halten. Aber blödes Thema, das mit dem Kerl. Nix für ungut, war nett, mit dir zu plaudern. Schönen Abend noch.« Er wollte wegrücken.

»Wer ist denn Ihr Freund?«, hielt Jakob ihn fest.

»Der heißt Birne. Den wirst du nicht kennen, der kommt ursprünglich nicht von hier.«

»Doch. Das ist mein Bruder. Dass wir uns ähnlich sehen, hat noch keiner gesagt.«

»Ich heiße Trimalchio. Wo steckt er denn jetzt, der Birne? Kommt er gar nicht mehr oder was?«

»Ich habe genauso wenig Ahnung wie Sie.«

»Sag halt auch du wie ich«, bot Trimalchio an. »Ich wusste nicht, dass du existierst, der erzählt nie was Privates. Schämt er sich für dich? Muss man sich für dich schämen?« Trimalchio rückte theatralisch weg und schüttelte albern seinen Körper, als hätte man ihm einen Aschenbecher in den Nacken geleert.

»Ich versteh dich so schlecht, die Musik ist so laut.«

»Die Musik ist nicht laut«, verteidigte Trimalchio die Anlage. »Ich werde leiser, wenn ich gesoffen habe. Was ist mit deinem Bier? Willst du das nicht? Ich biete mich an.«

Jakob erlaubte es. »Er hat mir einen Umschlag zukommen lassen mit den Schlüsseln zu seiner Wohnung. Kein Kommentar dazu. Kann sein, dass er abgetaucht ist.«

»Du hast die Schlüssel zu seiner Wohnung? Dann gehen wir doch dahin. Ist er immer noch mit der Katharina zusammen? Ich hab gesagt, wenn er die Woche nicht auftaucht, dann knall ich sie mir, geiler Käfer.«

»Ich habe ihr den Schlüssel zurückgegeben.«

Trimalchio starrte ihn stumm an, dann: »Also, dann bums ich sie heute nicht mehr. Kann ich noch eins bekommen?«

»Es ist dann das letzte«, bestimmte die Ausschenkerin.

»Dann bekommt er auch noch eines.« Trimalchio zwinkerte Jakob zu. »Ich übernehme das für dich.« Zahlen durfte er gern und saufen auch. »Ich habe übermorgen einen harten Tag und überhaupt keinen Bock, vielleicht saufe ich mich krank. Da marschieren die Nazis, die allein wären noch gar nicht so schlimm, dazu kommen auch noch die Linken, die wollen auch Rabatz und dazwischen ich, immer ich, ich soll den Laden deeskalieren. Da gibt es in ganz Augsburg keinen anderen, der das kann. Komm zur Polizei, da ist was los. Ich rufe den Lugner an, den Doktor, der soll seine Jungs ruhig halten. Das machen wir.« Er zündete sich die nächste Zigarette an. »Willst du auch eine?«

Jakob lehnte ab. »Ich rauche nicht mehr.«

»Nie im Leben bist du der Bruder vom Birne, nie im Leben.«

»Was hast du da eben über den Doktor Lugner gesagt?«

Trimalchio schien einen Augenblick klar. »Wieso interessiert dich der Lugner?«

»Den kenn ich halt.«

»Woher kennst du den?«

»Von einer Party.«

»Wenn du den kennst, hast du bald Ärger, das prophezeie ich dir.«

»Warum?«

Trimalchio äffte. »Warum, warum, warum. Die Frau will, dass wir gehen, geh, komm mit, sonst musst du sie heute noch bedienen, und den Geschmack bringst du nicht mal aus dem Maul, wenn du das ganze Fass hier austrinkst.« Trimalchio kippte die beiden Biere auf einmal in sich. Er verzog das Gesicht und stieß bitter auf. »Sorry.« Er verschwand aufs Klo. Jakob drehte sich um. Die Restgäste starrten ihn an, er versuchte sie zu grüßen, bekam jedoch nichts zurück als grimmige Mienen. Im Eck saßen zwei mit Bomberjacke, ein kleiner Dicker und ein hagerer Großer. Sie hatten die eigenartigen Tätowierungen, die er von Clemens kannte. Sie tranken jetzt aus ihren Weizengläsern. Ihr Schaum war schon unappetitlich zusammengefallen.

Trimalchio kam vom Klo zurückgewankt.

Jakob begann: »Ich habe eine ganz heiße Spur, die zu meinem Bruder führt. Ich habe mich mit Heinz Horst unterhalten, kurz bevor der starb, und da war noch jemand in der Nähe, der wollte mich wegbringen, weil er mich für meinen Bruder gehalten hat.«

Trimalchio wurde kurz sehr ernst. »Versuche nicht, unsere Arbeit zu machen. Dieser Horst war ein Spinner. Sei froh, dass der keinen Stress mehr machen kann. Wir zahlen jetzt.«

Jakob gab Trinkgeld und besaß dann noch fünf Euro. Draußen vor der Tür versuchte Trimalchio, wesentlich besser gelaunt als eben im Trinkraum, Jakob zu überreden, in sein Taxi zu steigen und dorthin zu fahren, wo es wirklich noch was zu erleben gebe. Weil Jakob ablehnte, zweifelte Trimalchio erneut an Jakobs Bruderschaft mit Birne – »nie im Leben, nie im Leben« – und ließ abfahren.

TELEFON

»Danke, Jakob, dass du anrufst. Prima Idee das, nur haben wir leider schon jemanden, aber geh da trotzdem mal hin. Du kannst uns so Splitter einfangen.«

»Was sind Splitter?«

»Halt so Eindrücke, so Stimmen, die man dann so um die Seite rum verteilt, macht bestimmt was her«, sagte Jakobs Redakteur.

»Wieviel willst du da?«

»Schau halt mal, was du zusammenbekommst. Wenn's gut wird, dann können wir auch mehr haben. Und schau, dass du ein bisschen durchmischst, politisch und intellektuell.«

»Ich werde mir Mühe geben. Noch was: Ich vermisse, ehrlich gesagt, noch ein paar Euro für die letzten Aufträge. Weißt du da was?«

»Das Geld müsste längst raus sein.«

»Da ist nichts angekommen bis jetzt.«

»Das kann fast nicht sein. Da schau ich gleich nach. Du sollst ja auch von was leben. Wir hören uns. Ciao.«

Jakob frühstückte Butterkekse, die waren noch da und nicht zu lange offen rumgelegen. Das Konto war leer, sein Geldbeutel praktisch auch. Jakob konnte immer noch die Mülltonnen hinter den Nobelrestaurants durchwühlen. Es gab überhaupt nichts, das Anlass zur geringsten Sorge gab. Dr. Max Lugner hatte eine Homepage. Auf dem Bild sah er besser aus als auf der Herrentoilette, vertrauenerweckend. Man kann ihm das letzte Geld anvertrauen, er wird nichts Falsches machen damit. Max Lugner musste kein Arzt sein, auch wenn er als solcher praktizierte, er sah sich als »Heiler«, die Schmerzen und Krankheiten unserer Körper seien Chancen, ihre wahren Bedürfnisse kennenzulernen; allerdings nur wer ihre Sprache verstehe, könne richtig handeln. Lugner sei eine Art Dolmetscher Körper – Deutsch, Deutsch – Körper, Hunderte Geheilte, die die Schulmedizin aufgegeben habe, könnten das bezeugen, Kontaktaufnahme und Beratung seien unverbindlich und kostenlos. Die angegebene Telefonnummer war dieselbe, die Jakob auf seiner Visitenkarte hatte. Sein vollgekotzter Anzug sah teuer aus, er hatte einen Ring mit Brillant am Finger in der Schüssel. Er hatte von großer Dankbarkeit gesprochen. Jakob hatte noch nie einen Menschen angebettelt. Jakob hatte noch nie jemanden bestohlen. Die Heilmethode, deren Ablauf allein der befallene Körper bestimme, stamme von den alten Germanen, die auf dem deutschen Gebiet ein tausendjähriges Reich errichtet hätten, lange bevor die römischen Bastarde sie überrannt und die alte Kultur zerstört hätten. Die viel zu lange vorherrschende Überfremdung des Germanischen nehme nur allmählich und doch unaufhaltsam ab. Neue Zeiten seien gekommen. Auch als Gesunder empfehle es sich heute schon, in den Körper zu lauschen, um am Siegestag auf der richtigen Seite zu stehen. Viel mehr konnte er über die Homepage nicht rausbekommen. Es gab keine Linkliste und im Impressum nur Lugner wieder mit seiner Adresse auf dem Land. Ein Ort namens Oberschöneberg, abseits großer Straßen, einsam auf dem Land, auch keine Touristen, nur Menschen, die wussten, was sie wollten, wenn sie sich dorthin begaben.

Es war kurz nach elf. Jakob stand im Begriff, einen unverbindlichen Anruf zu starten, als ihn just ein ebensolcher erreichte. Katharina.

»Mir geht es gut«, log er ihr vor. »Dir auch?«

»Mir auch. Ich bin einsam. Kurz habe ich gedacht, ich hätte mich daran gewöhnt, dann haut es wieder rein, plötzlich, mitten in der Nacht. Wo warst du gestern Nacht? Ich habe es probiert bei dir. Du unternimmst doch nichts mehr wegen Birne? Ich mache mir Sorgen, wenn du was unternimmst.«

»Ich war im Theater und danach auf der Premierenfeier«, berichtete Jakob.

»Geht es dir wirklich gut?«

»Einwandfrei. Ich bin nur gerade nicht so flüssig.«

»Soll ich dir Geld geben?«, bot sie an.

»Nein, nein, ich kann dich nur nicht groß ausführen zurzeit.«

»Sollen wir uns wiedersehen?«

»Gern. Ich komme vorbei. Kochst du uns was?«

Sie mmmhte zur Bestätigung. »Es gibt für alles Fristen. Wann darf ich sagen, dass er nicht mehr wiederkommt? Wann darf dieses elende Hoffen meinen Alltag nicht mehr bestimmen? Wann bekomme ich dieses Stück Freiheit wieder zurück?«

»Birne wird wiederkommen. Ich weiß das, Katharina. Ich bin jetzt ganz sicher. Du darfst keine Sekunde daran zweifeln, das hält ihn nur ab.«

»Woher weißt du das?«

»Ich spüre das. Sag mal nichts, hör dich und mich atmen. Merkst du, wie wir synchron werden und jetzt höre in dich, hör diese Stimme, die sagt: Ich komme zurück. Hörst du sie? Ganz leise?«

»Ja, ich höre sie.«

»Und jetzt, sag mal nichts. Hörst du, wie sie lauter wird?«

»Ja, sie wird lauter, du hast recht.«

»Siehst du.«

Katharina dankte, nun sei sie wieder glücklich, sie freute sich auf ihr Aufeinandertreffen am Abend. Jakob nahm noch einen Butterkeks, der schmeckte süßlich und nach aufkommender Übelkeit. Heute wird es noch warmes Essen geben.

»Dr. Lugner, erinnern Sie sich an mich?«

»Ich erinnere mich an alles, ich bin eine alte Eiche, ich lese in meinen Jahresringen, darin geht nichts verloren.«

»Wir haben uns gestern auf der Herrentoilette getroffen.«

»Jetzt weiß ich, wer Sie sind, ich habe Sie gebeten, bei mir anzurufen.«

»Genau deswegen rufe ich jetzt an.«

»Ich muss kurz aus dem Raum gehen, dann sind wir ungestört. – So. Was gibt es?«

»Ist alles in Ordnung bei Ihnen?«

»Wunderbar. Ich habe mir meinen Handywecker gestellt, nachdem Sie mich so dankenswerterweise auf das Sofa gelegt haben. Nach einer halben Stunde war ich wieder wach und wie neugeboren und konnte auf das Fest zurück. Ohne Sie wäre das heikel ausgegangen. Sie sehen, auch uns Älteren geht mal was daneben. Und früher waren wir auch nicht anders als Ihr Jungen. Ich hab was übrig für die Jugend. Danke vielmals, vielen Dank.«

»Keine Ursache.«

»Ist noch was?«

»Nein, wenn es Ihnen wieder gut geht, dann bin ich schon zufrieden.«

»Ich würde mich Ihnen ja so gerne erkenntlich zeigen. Aber Geldgeschenke unter Erwachsenen finde ich albern. Trinken Sie Rotwein?«

»Ich bin Anti-Alkoholiker.«

»Bedauerlich, bedauerlich. Da fällt mir was ein. Wenn Sie am Sonntag nichts vorhaben, dann lade ich Sie zu mir ein. Ich halte einen Brunch ab für meinen Gesellschaftsverein. Sie haben die Adresse auf meiner Karte, da wohne ich und da habe ich meine Praxis. Lauter aufregende Leute kommen, die werden Sie bestimmt begeistern, wenn Sie gern auf Theaterpremieren gehen. Und wer weiß, vielleicht können wir Sie sogar als Vereinsmitglied werben.«

»Was ist das für ein Verein?«

»Ich nenne ihn einen Gesellschaftsverein. Was machen wir? Vor allem machen wir uns Gedanken, wie es den Menschen auf dieser Welt besser gehen kann und manchmal starten wir eine Aktion, da werden wir richtig aktiv. Kommen Sie halt.«

»Ich komme gern.«

»Das freut mich aber, und Sie müssen meine Frau kennenlernen. Wir erfinden dann noch eine gute Geschichte, woher Sie mich kennen. Da machen wir uns ein Geheimnis, das uns unser Leben lang aneinander binden wird.«

»Kennen Sie jemanden namens Trimalchio?«

Lugner war kurz überwältigt, nur kurz. »Wer hier lebt, kennt Trimalchio, ein bunter Hund in der Stadt, ein wilder Hund, der hat hier mehr uneheliche Kinder rumlaufen als der gesamte Stadtrat plus Episkopat, nur dass er es nicht zu verstecken versucht.«

»Der wollte Sie und Ihren Verein um einen Gefallen bitten für diesen Samstag.«

»Davon weiß ich nichts. Was soll denn da sein?« Lugner wurde aggressiver. »War er wieder recht besoffen?«

»Kann schon sein.«

»Wie gut kennen Sie denn den?«

»Nur flüchtig.«

»Dann gebe ich Ihnen einen guten Rat. Nehmen Sie ihn nicht allzu ernst, bleiben Sie am besten ganz fort von ihm, der ist keine gute Gesellschaft für einen Samariter, wie Sie einer sind. Und die Gesellschaft, in der der sich bewegt, ist meistens noch schlimmer als er selbst. Bleiben Sie weg, kommen Sie zu uns.«

FRESSEN

Jakob war nicht dünn, er war ausgehungert. Er stopfte das Futter in sich, ohne zu kauen. Katharina hatte die Nahrungsaufnahme weitgehend eingestellt und beobachtete ihn, den Bruder. Er war ohne Geschenk gekommen, allerdings auch ohne schlecht zu riechen. Seine Augen zuckten Richtung Esstisch, als sie ihm im Stehen ein Glas Sekt anbot. Er trank nicht. Er vermied es zu trinken, bis sie sich an den Tisch setzten. Dort ließ er Wasser fließen und Brocken rutschen.

»Dir schmeckt es.«

»Ausgezeichnet. Ich verstehe meinen Bruder, bei dir wäre ich auch geblieben.«

»Dann bleib doch. Er hat dir den Schlüssel selbst gegeben.«

Jakob stoppte.

»Da. Solange er nicht da ist. Der Kühlschrank ist voll.«

»Ich will mich hier nicht durchschnorren.«

»Wir brauchen ständig etwas voneinander. Über eine Mahlzeit reden wir gar nicht.«

Es klingelte, sie musste raus. Jakob blieb eingefroren am Tisch sitzen. Er trank einen Schluck Wasser. Clemens kam in den Gang. Er flüsterte, hatte aber Mühe dabei, immer wieder rutschte ein lauter Satz in seine Rede. »Wieso ist der schon wieder da?« »Würde ich nicht, wenn es nicht wichtig wäre.« »Nein, ich packe es gleich wieder.« Er zog seine Lederjacke nicht aus. Vor dem Abhauen, streckte er seinen Kopf ins Zimmer und rief Jakob ein lautes »Servus« zu. Jakob erwiderte nichts, es lagen ihm 15 Gramm angekaute Spaghetti auf der Zunge.

Katharina zupfte sich am Ohrläppchen, als sie wieder neben ihm saß.

»Hatte der Clemens nichts essen wollen?«, startete Jakob das Gespräch neu.

»Die haben den Birne getroffen.«

»Wie bitte?«

»Oder auch nur kurz gesehen. War ein Konzert in der Kantine, eine Punkband mit Namen Impotenz, alte Herren, die ihre große Zeit in den 80ern hatten und es jetzt noch mal wissen wollen, da war er auch, ganz ruhig und selbstverständlich, ein Kumpel hat ihn bemerkt. Wie die auf ihn zu wollten, ist er weg, ein paar Schritte ins Volk, aus dem Raum und weg war er, aber er war es, ganz sicher. Dann will er doch nichts mehr mit uns zu tun haben.«

Jakob schluckte. »Wieso hast du nichts dagegen, dass Clemens sucht? Wieso soll ich nicht suchen?«

»Clemens hat einen Haufen Freunde, er weiß, wie er sich schützen kann. Er sucht auch nicht richtig, die haben ihn halt jetzt zufällig gesehen, und das hat er mir sagen wollen.«

Jakob stand auf. »Meinst du, ich kann nicht auf mich aufpassen? Nur weil ich der kleine Bruder bin, muss jemand auf mich aufpassen. Nie traut man mir was zu.« Er ging zum Terrarium und holte aus der Dose eine Grille, warf sie zum Reptil rein, das drehte nicht einmal den Kopf, die Grille zirpte.

»Die fressen, wenn sie älter werden, kaum noch Fleisch. Dann wollen sie Gemüse.« Älter. »Komm her«, befahl Katharina, Jakob gehorchte. »Jetzt weiß ich, dass er noch lebt. Jetzt will ich auch wissen, was das soll, jetzt soll er auch hierherkommen und mir sagen, dass Schluss ist. Clemens und seine Leute suchen ihn jetzt. Wenn sie ihn haben, dann sollen sie ihn herbringen, lebend oder halb tot, mir egal, habe ich gesagt.«

Jakob legte ihr eine Hand auf die Schulter.

DEMO

Man kam nicht durch zum Theater, da stand eine Kette Polizei und drumherum Tausende, alle Mögliche, die den Massen gefolgt waren und begeistert »Nazis raus!« skandierten. Die Nazis selbst standen auf dem Platz vor dem Theater, keine 50, wütende Glatzen, die brüllten die Gegendemonstranten wild an. Man verstand nichts. Auf dem Dach des Theaters bewegte sich was. Da war jemand. Vier Menschen entrollten ein Banner, das munter im Wind wehte und sich nur mit großer Kraft festhalten ließ. Ein Fünfter hielt ein Megaphon und begann zu brüllen. Man verstand nichts. Der Lärm wurde nur noch mehr. Der Fünfte war – Jakob konnte es erkennen – Albert Neun. Ein Sechster kam dazu und fotografierte heftig. Jakob hatte seine Kamera auch dabei – für die Splitter. Er steuerte eine ältere Frau neben sich an.

»Entschuldigung.«

»Was gibt es, junger Mann?«

»Darf ich Ihnen eine Frage stellen?«

»Nur zu.«

»Wie kommen Sie auf diese Demo?«

»Mei, wir sind zum Einkaufen in die Stadt gefahren. Da sagt meine Schwester, was isch denn da vorne. Dann simmer hin und jetzt simmer halt dabei. Was soll i da mehr verzähla?«

Die Nazis hatten die Haupttür des Theaters im Rücken. Die öffnete sich jetzt. Franzbein kam heraus, er trug einen schweren Kübel. Mit einem Schwung entleerte er ihn über die kahlen Köpfe und übergoss sie mit noch flüssigem Fritteusenfett. Es waren so wenige, dass jeder ein paar Spritzer abbekam. Ihre Überrumpelung nutzend, verschwand Franzbein wieder im Theater. Die Nazibagage drehte sich wütend um und sah ihren Feind im sicheren Glashaus sitzen und ihnen eine lange Nase drehen. Sie stürmten los. Sie schlugen auf die Scheiben ein. In Sekunden würden sie brechen. Die Polizisten warfen sich ihnen in den Rücken mit Schlagstöcken. Erste Blutende. Die echt linken Demonstranten nutzten die Lücke im Rechten-Verteidigungsring und jagten ebenfalls in die Schlacht. Die Schaulustigen wichen zurück, einige eilten davon.

Jakob befragte einen jungen Punk, der sich in sicherer Entfernung das Geschehen ansah. »Bist du gegen die Eskalation der Gewalt?«

»Meine Eltern haben mir verboten, hierher zu gehen. Wenn ich jetzt blute, wenn ich heimkomme, gibt das einen Mordsstress.«

»Danke.«

An der Straßenecke entdeckte Jakob Trimalchio, der stand da ruhig und rauchte. Jakob steuerte ihn an.

Es flogen inzwischen Steine. Die Scheiben waren zertrümmert, auch die über dem Eingang. Irgendwas brannte, ein Molli. Ein Martinshorn, die Feuerwehr. Ein Geschoss traf aufs Dach, traf den Schauspieldirektor, der taumelte und stürzte, wurde von zwei anderen aufgefangen, ansonsten wäre er unten ordentlich zerschellt. Die Feuerwehr war da. Sie spritzte in die Menge, die sich teilweise verteilte, teilweise ins Theater zurückzog. Da drinnen rauchte es raus. Es gab eine Panik. Auf Menschen wurde getrampelt.

»Servus, Trimalchio.«

»Ah, servus, der Jakob. Wie geht's?«

»Passt. Du bist ganz ruhig. Da vorne ist die Hölle los. Musst du nicht als Einsatzleiter…«

»Ich bin den Job losgeworden, habe Überarbeitung vorgetäuscht. So finde ich es ganz amüsant. Bist du wenigstens im Einsatz?«

»Ein bisschen.«

»Dann schreib was Gescheites.« Trimalchio ging in einen Dönerladen in seinem Rücken, der Wirt stellte ihm freundlich lächelnd einen Tee hin und widmete sich dann wieder dem Geschehen vor seinem Laden.

Auf der Treppe lag ein Mädchen, schwere Stiefel trampelten über sie hinweg. Sie reagierte nicht mehr. Jakob ging auf sie zu, zwei Meter vor ihr traf ihn etwas am Kopf, ihm wurde kurz schwarz vor Augen, er taumelte und stützte sich auf eine Stufe, da riss ihn jemand am Ärmel. »Komm da rüber, Mann.« Auch am zweiten Oberarm zog nun einer. Jakob wurde gestützt und gezogen. Seine Beine arbeiteten mit. Er floh in einem flotten Tempo. Die Männer neben ihm steckten in Bomberjacken und hatten Glatzen. Der Linke war Oliver, der Nachwuchsschauspieler. Hinter ihnen rannte auch jemand. Oliver und sein Kamerad zogen ihn mit. Jakob bewegte seine Beine automatisch. Sie entkamen der großen Menge, sie liefen sich frei. Jakob wandte sich Oliver zu, sein Blick blieb in dessen Nacken hängen. Auch hier das Tattoo mit der eigenartigen Sonne, das auch Clemens trug.

»Die Bullen!«, rief der rechts von Jakob.

»Wir müssen allein weiter«, sagte Oliver. »Kannst du?«

Jakob nickte, sie ließen ihn los. Jakob rannte weiter. Über die Straße in die Fußgängerzone. Er rannte, was seine Lungen ihm erlaubten. Er kam auf den Rathausplatz. Die Sonne schien, die Cafés bewirteten ihre Gäste draußen. Vom Lärm

300 Meter entfernt war hier nichts mitzubekommen. Jakob drehte sich um, hinter ihm rannte niemand mehr.

Während daheim der Laptop hochfuhr, aß er den Rest der Spaghetti, die ihm Katharina gestern in einer Plastikbox mitgegeben hatte. Er hatte wilde Bilder und er hatte schöne Splitter. An Samstagen kommen keine Überweisungen an.

LANDPARTIE

»Hast du den Mut, dich auf ein Spiel auf Leben und Tod einzulassen?«, fragte Oliver, als er neben Jakob in die Hecke pisste.

»Danke, nicht nötig«, erwiderte Jakob.

Oliver schubste ihn in seinen Strahl. »Ich frage nur ein Mal, dann bist du einfach dabei.«

»Arschloch, kleines.«

»Wie bitte?«

»Nichts.«

»Wie sehen uns.«

Jakob kehrte zurück zum Fest auf der Terrasse. Ein riesiges Haus, in das ihn Lugner eingeladen hatte, eine eigenartige Gesellschaft allerdings. Feine, fette, greise Herren, die pfeifend atmeten, Zigarre rauchten und fest fraßen und junge Schnösel, die sich nobel zurückhielten. Lugner hatte Jakob herzlich begrüßt und ihn mit seiner Frau bekannt gemacht. Sie war das einzige weibliche Wesen des Vormittags, sie zeigte ihm, wo er sich Bier und Weißwürste holen konnte und wandte sich dann anderen Gästen zu.

Jakob hatte sich von Katharina einen Anzug und das Auto geliehen, er musste raus aufs Land, keine kurze Strecke, 25 Kilometer in den Westen, mit dem Zug auch schlecht zu erreichen. Niemand ließ sich herab, mit ihm zu reden. Eine Gruppe, der er nahe stand beim Wurstaufladen, hörte er über Bärenjagderlebnisse in Polen sprechen. Nach ihm war Albert Neun aufgetaucht, auf seinem Kopf ein Verband, in seiner Begleitung Oliver, schön zurechtgemacht, der kleine Nazi.

»Ich habe gehört, Sie wollen in unser Spiel einsteigen.«

Albert Neun war neben Jakob aufgetaucht, er hatte bereits eine mächtige Alkoholfahne.

»Da hat mich jemand falsch verstanden.« Jakob drehte sich weg.

»Allein schon Ihr Erscheinen hier ist gleichbedeutend mit dem Setzen des ersten Spielsteins. Sie kommen nicht mehr raus.«

Die Hausherrin brachte eine Schüssel Bowle, die Neun anzog wie schlechtes Licht die Motten. Jakob suchte Dr. Lugner. »Ich packe es jetzt, ich habe eine Menge Arbeit heute Nachmittag. Danke für die Einladung.«

»Sie können jetzt noch nicht gehen. Der Höhepunkt kommt erst noch, den verpassen Sie dann.«

»Danke für den Höhepunkt. Ich muss wirklich.«

»Wenn Sie jetzt versuchen davonzufahren, zerschieße ich Ihnen persönlich die Autoreifen. Jetzt nehmen Sie erst mal ordentlich.«

Frau Lugner brachte ein Tablett mit brennenden Sambuca-Gläsern. Jakob konnte nicht aus. Als alle hatten und sich mit den Worten »Thor aus!« zugeprostet hatten, blies Jakob die Flamme auf seinem Schnaps aus und kippte. Ihm wurde sofort übel.

»Liebe Kameraden, jetzt sind wir so weit. Folgt mir, ich verspreche euch, dass es heute besonders lustig wird.«

Sie gingen hinters Haus in einen Schuppen, in dem sich ein ein Meter hoher Bretterverschlag befand, darüber war ein Gitter bis kurz unter die Decke. Es sah aus wie eine breite Pferdekoppel, der Boden war aus Beton und mit Flecken übersät. Die Männer versammelten sich, pressten die Nasen durch die Gitter, tranken Bier und jubelten in die leere Fläche hinein. An der hinteren Wand öffnete sich ein Türchen und entließ einen Collie. Der lief, verwirrt plötzlich das Zentrum der Aufmerksamkeit zu sein, im Kreis, bellte auch gelegentlich gegen die Gaffer, die Geldscheine gezückt hatten und Wetten abschlossen. Das Türchen war wieder zu und bot keine Rückzugsmöglichkeit mehr. Jakob sah, wie Albert Neun Oliver fest in seinen Arm nahm und ihm zärtlich die Glatze küsste. Ein zweites Türchen öffnete sich und entließ einen Dobermann, so groß, dass er gerade über die Bretterwand ragte mit seinen Schultern. Die Zuschauer wichen unwillkürlich einen Schritt zurück vor dem majestätischen Tier, das seine Fanreihen entlang trabte. Der Collie bellte furchtbar, der Dobermann schritt unbeirrt auf ihn zu. Blitzschnell, so dass sogar der Lärm kurz verstummte, stürzte er sich auf den Hals des Collies und drückte seine Zähne da rein. Blut lief auf das weiche, blütenweiße Fell. Das gebissene Tier riss sich in Todesangst frei und biss sich seinerseits in der Dobermannflanke fest. Die Hunde hingen aneinander fest. Kiefer knackten, Knochen brachen, Blut floss. Die Menge tobte. Sie wetteten nicht auf den Sieg, sie wetteten nur darauf, wie lange Lassie durchhalten konnte.

Jakob musste schnell nach draußen. An der Ecke der Hütte übergab er sich. Frau Lugner sah ihn und sagte: »Diese ständige Sauferei am Vormittag, sonst wärt ihr ja ein ganz netter Verein. Kommen Sie doch rein und ruhen sich eine halbe Stunde aus.«

Sie brachte ihn in ein Arbeitszimmer, das vollgestopft war mit afrikanischen Jagdtrophäen. Er durfte sich auf ein Sofa legen wie vor drei Tagen der Lugner selbst im Theater. Jakob war so übel, er schlief sofort ein.

Lugner flößte ihm zum Aufwachen erneut Schnaps ein. Jakob hustete. Lugner stellte fest: »Er kommt wieder.« Vor ihm stand Lugner und neben diesem ein junger, geschniegelter Mann.

»Wo bin ich?«

»Keine Sorge. Sie sind in meinem Arbeitszimmer, dem sichersten Ort der Welt. Ich wollte Sie sowieso hierher bitten, nachdem die Gäste weg sind. Jetzt haben Sie freiwillig hier gewartet. Das freut mich. Das zeigt mir, dass Sie bereit sind.«

»Wofür bin ich bereit?«

»In unseren Verein aufgenommen zu werden.«

»Das habe ich nie gesagt.«

»Woher kommt denn diese brutale Skepsis? Es gibt da draußen so viele, die froh wären, hier und jetzt an Ihrer Stelle zu sein, und Sie weigern sich. Was wehrt sich denn da drinnen so?« Er drückte Jakob auf die Brust. »Sie waren doch am Samstag auch beim Theater.« Der dritte Mann holte aus seiner Jacke ein Foto und zeigte es Jakob. Da war er zu sehen, wie er von Oliver und dem anderen Nazi davongetragen wurde, Polizisten in ihren Rücken. »Das ist morgen in den Zeitungen. Es gab Tote, da ist Augsburg sogar bundesweit relevant. Sie haben ab morgen ein bekanntes Gesicht.«

»Scheiße. Ich wollte doch nur helfen.«

»Das Mädchen war tot. Schon als Sie zu ihr hingingen. Ehrlich, was halten Sie von dem Theater vorm Theater? Für mich beweist es nur einmal mehr: Unser Staat ist am Ende, absolut wehrlos, ein Spielball der Geldhaber, und der Bürger zahlt und blutet, wie es den Herren oben gefällt. Ist das die Welt, in der wir leben möchten, in die wir Kinder setzen wollen? Sicher nicht. Deswegen haben wir unseren Verein ins Leben gerufen. Wir haben uns zum Ziel gesetzt, die Ordnung aufrechtzuerhalten, das System zu stützen.

Was lachen Sie jetzt, Jakob? Alles, was Sie sehen in den so genannten zivilisierten Ländern, alle Infrastruktur, wird seit langem von den mächtigen Vereinen aufrechterhalten. Nur die Unmündigen auf der Straße wollen das nicht wahrhaben, weil es in ihre Heile-Gartenhäuschen-Welt nicht hineinpasst.«

»Hören Sie auf mit dieser Weltverschwörungskacke.«

»Das ist keine Kacke, das ist die Realität. Willkommen darin. Wenn ich wollte, und sich der Rat der Weltvereinsvorsitzenden heute noch dazu entschlösse, hätte Amerika morgen einen neuen Präsidenten.«

»Also gut. Wenn Amerika morgen oder meinetwegen diese Woche einen neuen Präsidenten hat, dann bin ich bereit, Ihre Geschichte zu glauben.«

»Nein, das machen wir schon deswegen nicht, weil der momentane Präsident zu gut kooperiert. Aber eventuell fällt uns noch ein anderer Wink ein im Laufe dieses Gesprächs, mit dem wir auf der anderen Seite dieses Planeten ein Erdbeben auslösen können. Sind Sie bereit?«

»Wozu?«

»Uns beizutreten.«

»Nein.«

»Von den Vorständen der Führungsvereine der westlichen Hemisphäre bin ich einer der mächtigsten. Ich verrate Ihnen, warum. Ich kenne und und vertraue der Macht der Urgermanen. Dieses uralte Wissen lässt mich über Körper, Geister und Völker herrschen. Ich habe Krebspatienten geheilt, denen die letzte Nacht bereits angekündigt war. Heute sind sie gesund und spielen Tennis. Das sind Tatsachen, die beweisen meine Macht, die dem, was Medizin und Technik zu vollbringen imstande sind, überlegen ist. Noch heute wären die Germanen das mächtigste Volk der

Erde, wenn es in ihren Reihen nicht damals schon Verräter unreinen Blutes gegeben hätte. Doch diese Verräter, die es heutzutage gibt, die werden wir finden und eliminieren. Das andere Foto.« Der Mann reichte das Bild durch an Jakob. »Kennen Sie diesen Mann?«

Auf dem Foto war Clemens zu sehen. »Ich möchte, dass Sie als Zeichen Ihrer Glaubwürdigkeit jenem klar machen, dass mit uns nicht zu spaßen ist. Bringen Sie ihn nicht um, aber sorgen Sie dafür, dass er im Krankenhaus aufwacht. Danach können wir Ihr Aufnahmeritual starten.«

»Ich bin immer noch der Meinung, dass hier ein Missverständnis vorliegt.«

»Ich sehe in Ihnen ein großes Potenzial, Sie könnten mein Vertrauter werden.«

»Wenn das heißt, dass ich Ihnen als Lustknabe zur Verfügung stehen soll, muss ich gleich absagen.«

Der zweite Mann brachte ihn zum Auto und steckte ihm beim Einsteigen einen Hunderter »für die Auslagen« zu.

Jakob musste auf dem Heimweg schwer gegen seine Betrunkenheit ankämpfen. Er brachte Katharina Anzug und Wagen zurück und entschuldigte sich, die Ereignisse des Vormittags hätten ihn reizüberflutet, er brauche Zeit zur Verarbeitung. Daheim legte er sich zu einem ausführlichen Nachmittagsschlaf hin. Nach zwei Stunden holte ihn sein Telefon aus dem Schlaf. Lugner war es.

»Einwandfrei erledigt, sauber und schnell. Willkommen im Verein. Danke.«

Er hatte aufgelegt, bevor Jakob reagieren konnte. Mit einem Schrei schoss Jakob in die Senkrechte und rief seinerseits Katharina an. »Weißt du was von Clemens?«

»Nein. Was soll mit ihm sein?«

»Kannst du ihn für mich mal anrufen?«

»Warum?«

»Einfach fragen, wie es ihm geht.«

»Du bist noch komischer als Birne, aber von mir aus. Bleib dran, ich versuche es auf dem Handy.«

Eine Minute später meldete sie sich wieder: »Er geht nicht ran. Bist du zufrieden?«

»Nicht ganz. Halt mich auf dem Laufenden.«

Jakob kam nicht zur Ruhe. Er durchsuchte die Homepage einiger Zeitungen nach seinem Bild. Der Gewaltsamstag in der Fuggerstadt war überall großes Thema. Das Foto mit ihm drauf war nirgends zu finden. Das Telefon klingelte wieder. Katharina und die Nachricht: »Sie haben Clemens erwischt. Er liegt im Klinikum.«

Jakob hatte Zeit, er war nicht schnell im Lügen. Vor seiner Tür stand ein Riese im Anzug, der sichtlich schon eine Weile getragen wurde. Der Bart des Besuchs bettelte nach Stutzung und die Augen fuhren nervös in den Höhlen umher im Takt der Zunge, die im Maul züngelte, gierig, Neuigkeiten loszuwerden.

Wieso Jakob und dieser Mann, Mike, sich bekannt waren, konnte Mike besser erklären. Jakob wusste es nicht mehr, er wusste, dass er irgendwie angequatscht worden war. Vielleicht war er irgendwo vor Ort, vielleicht sammelte er wahllos Stimmen von Passanten auf der Straße zu einer belanglosen Frage des Tages – zum Beispiel »Wo werden Sie die Fußball-WM verfolgen?« Dafür brauchte man fünf Leute, die sich interviewen und fotografieren ließen, eine dankbare Gelegenheit für einen freien Journalisten, unaufwendig ein paar Zusatz-Euros zu machen. Jakob war vielleicht in der Maxstraße zugange, weil da eine Menge los war und für jeden, der seine Bitte um

Auskunft zurückwies, zwei vorbeikamen, die sich ihm anboten. Vielleicht hatte er Mike auch angesprochen, besser aber würde es passen, wenn es umgekehrt gelaufen wäre. Mike setzte an, irgendwas zu erzählen, was sicherlich nichts mit Jakobs Frage des Tages zu tun hatte, und Jakob merkte gerade, dass er Zeit verschwendete, dankte und wollte weiter. Und Mike wollte zumindest noch fotografiert werden.

»Merken Sie sich mein Gesicht. Sie werden noch viel von mir hören.«

Freunde? Was heißt Freunde. Sie konnten einander ganz gut gebrauchen, um hin und wieder gegen die Einsamkeit ein paar Worte auszutauschen. Sie wurden so Sorgen los. Zum Beispiel: Jakob kotzte sich aus darüber, dass man ihn wieder gekürzt hatte, von der vereinbarten Zeilenzahl war nichts bekannt, musste jemand aus Versehen gelöscht haben, deswegen könne man hier nur bezahlen, was abgedruckt und nicht was geliefert worden sei. Mike wusste daraufhin, dass die Medien sowieso alle »gleichgeschaltet sind«. In einer Hand seien alle Zeitungen und Radio- und Fernsehstationen, damit die alle dasselbe druckten und die Masse in Sicherheit wiegten. »Die Meinungsfreiheit ist eine Illusion, sie wollen alle nur unser Geld.«

Mike war einer der wenigen, die Jakob daheim aufsuchten, dem gegenüber sich Jakob nicht genierte für die bescheidenen Verhältnisse, in denen er sein Dasein zu fristen gezwungen war. Mike war unkompliziert, es genügte, ihm ein Glas Leitungswasser anzubieten, das er während ihrer stundenlangen Diskussionen gerade halb leerte, um den Rest dann kurz vor dem Gehen wegzukippen und dabei das Gesicht zu verziehen, als hätte man ihn gezwungen, ein Glas Pisse zu trinken.

Beim Kommen trommelte er immer nervös mit seinen Fingern zuerst am Türrahmen und dann auf dem Küchentisch.

Er wartete, bis Jakob fertig war an der Spüle und vor ihnen das stille Wasser stand, dann sprudelte er los. Meist eine neue Idee, eine Aktion, die man am besten noch sofort anpacken müsse. Jakob war eigentlich immer dann der Realist mit den Einwänden, die Mike wütend machten und schimpfen ließen auf den Kleingeist überall, auch in Jakob. Es wurde immer laut in diesem Moment der Zusammenkunft, man drohte mit Aufkündigung der Freundschaft, bevor man dann, versöhnt durch ein kleines Wort oder eine Geste oder einen Müdigkeitsanfall, im finalen Akt zusammen über die Schlechtigkeit der Welt jammerte, wobei Jakob die eigene Machtlosigkeit anerkannte, Mike dieselbe dagegen heftig abstritt. Deswegen konnten sie sich auch noch mal in die Haare bekommen, allerdings nicht immer, das gehörte nicht zum Pflicht-Programm.

Auf der Straße hielt ihn Mike damals fest, zog ihn ein wenig zur Seite. »Wann müssen Sie diese Interviews abliefern? Wenn Sie mir einen kleinen Augenblick schenken, dann verrate ich Ihnen eine Story, mit der Sie einen Volltreffer landen könnten.«

Jakob rechnete sich keinen Funken Chance aus, mit irgendeiner plötzlichen Geschichte in der Redaktion landen zu können, dazu war er eine zu kleine Nummer. Selbst wenn er den Papst in der Augsburger Innenstadt fotografiert hätte, würde der Chef vom Dienst noch jemanden anderen schicken, der die Sache dann druckreif bringen würde. Obwohl er durchaus schlechte Erfahrungen gemacht hatte, gab er Mike seine Nummer, damit er sich mit ihm mal in Ruhe auseinandersetzen könne, und hoffte, dass sich die Sache erledigen würde.

Nichts erledigte sich. Mike meldete sich, überredete Jakob zum Kaffee, sie freundeten sich an. Manchmal tat Jakob die verbrauchte Zeit weh, in der Regel freute er sich aber.

Mike verbrachte viel Zeit vor dem Rechner, weil es im Internet noch einige wenige unzensierte Inseln gab, auf denen sich die Mikes dieser Welt rumtrieben und austauschten. Mike wollte Jakob auch »zur Wahrheit« bringen, zum einen weil jeder mehr auf der richtigen Seite die Welt besser machte, zum anderen war Jakob Mikes Tor zu den alten, gekauften Medien, die er sich für seine Zwecke zunutze machen wollte, wie die Gegenseite es ja bereits erfolgreich vorgemacht hatte. In den Foren seiner Internetfreunde rühmte er sich gerne seiner Bekanntschaft mit Jakob. Er hatte Einfluss und deswegen wurde seine Stimme gehört im Forum.

Oft waren Mikes Themen Jakob zu anstrengend. Auch wenn er wusste, dass die Suche nach der Wahrheit nicht bequem ist, sagte er dann manchmal in seiner Müdigkeit Dinge, die Mike ihm ernsthaft übel nahm.

Damals ging es um die Geschichte mit der Grippeimpfung, wo im Impfstoff angeblich Zeugs drin war. Zeugs war natürlich drin, daran zweifelte niemand. Es war Streit zwischen ihnen ausgebrochen und Jakob hatte kurz geglaubt, Mike für immer los zu sein danach. »Die haben versucht, die Hälfte der Menschheit totzuspritzen.« Jakob war das wurscht, er wollte sich nicht spritzen lassen und wer nicht gespritzt wird, kann auch nicht totgespritzt werden, und er wollte nicht seine Zeitung anrufen, damit die was unternehmen, was schreiben, dass nicht die Hälfte verreckt am Boden liege nächste Woche. »Du bist auch gekauft.« Wie gern wäre Jakob gekauft gewesen.

»Und noch eins: Sie versuchen es von allen Seiten. Schau nur mal an die Decke.« Jakob schaute. »Was siehst du da?«

»Nichts.«

»Nichts? Du siehst nichts, weil du nichts sehen willst. Da

hängt eine Lampe. Na und?, wird der gemeine Mann auf der Straße sagen, hängen doch überall Lampen. Und was ist in den Lampen? Energiesparbirnen! Überall Energiesparbirnen. Und was ist in den Energiesparbirnen?«

Jakob zögerte.

»Mensch, Jakob, da ist schon wieder Quecksilber, wie in den Spritzen.«

»Aber die sparen doch auch Energie.«

»Einen Scheißdreck tun sie. Sie lassen dich nur länger im Dunkeln sitzen. Was die an Energie sparen, kannst du vergessen. Da sparst du mehr, wenn du in der Woche eine Banane weniger isst. Zum Beispiel.«

»Das wusste ich nicht.«

»Eben. Und warum? Weil die normalen, die gekauften Medien darüber nichts bringen.«

»Brutal, wenn man sich überlegt, wie man sich verarschen lässt«, gab Jakob zu.

»Die gehen sogar noch weiter. Big Brother is watching you. Die installieren hier in deiner Wohnung, in deinen eigenen vier Wänden Kameras, damit die alles von dir wissen außer das, was du denkst. Wahnsinn. Oder? Die saugen dich aus wie die Vampire, du wirst zum Sklaven gemacht.«

»Jetzt übertreibst du aber. Was hab ich, was die interessieren könnte?«

»Du bist so naiv, Jakob, so naiv.«

Nachdem Jakob die Meldung vom Unfall Clemens' erhalten hatte, stand also nach einem Klingeln dieser Mike vor der Tür, und Jakob war zu schwach, ihn mit einer Lüge von der Tür zu weisen. Er wäre gerne zu Katharina gefahren, doch der Große stand in seinen Räumen und ließ sich ein Glas Wasser ein, ohne dass Jakob es ihm angeboten hätte.

Er setzte sich und sprudelte los: »Die Nazis, die wollen

uns ablenken, sag ich dir. Das vor dem Theater war nur ein Täuschungsmanöver.«

Jakob war in der Tür stehen geblieben, er wurde aufgefordert: »Setz dich, wir müssen dringend etwas unternehmen, ich brauche dich.« Mike schenkte sich eilig ein weiteres Glas Wasser ein und füllte auch eines für Jakob, stellte es auf den Tisch, an den freien Platz. Langsam nahm Jakob ihn ein, ohne etwas zu sagen, jedoch mehrmals ansetzend.

»Jakob, was ist denn? Mit dir stimmt was nicht, das sehe ich doch als dein Freund.«

»Das weiß ich nicht, ob etwas nicht stimmt bei mir, kann gut sein, dass der Rest der Welt aus den Fugen gerät und ich stehen bleibe, aber das weiß ich noch nicht.«

Mikes Miene hellte sich auf: »Jakob, ich bleibe dir als Freund, auf mich kannst du dich verlassen.«

»Würde es dir etwas ausmachen, mich alleine zu lassen?«

»Jakob, gerade weil du mich bittest, darf ich dich niemals alleine lassen, das ist saugefährlich. Womöglich sind sie mir gefolgt, das heißt, dass sie wissen, dass ich mit dir in Kontakt stehe, das heißt, dass du auch in Gefahr bist.«

»Wer sind die?«, blökte Jakob.

»Die Nazis, oder vielmehr die Organisation, die hinter ihnen steht. Sie stellen sich gern aus, zum Beispiel im Internet kannst du alles über die haben, was du willst. Die heißen Thorhammer. Verstehst du? Thorhammer?« Er brach in schallendes Gelächter aus und da Jakob nicht mit einfiel, fuhr er ruhiger fort. »Funktioniert wie eine Sekte: vor allem auf die eh schon Schwachen gehen die los und versprechen denen zum Beispiel, sie von ihren Leiden zu heilen. Mach schnell den Rechner an, ich zeig's dir. Wenn du dich einmal auf die eingelassen hast, lassen die dich nicht mehr los.«

»Ich muss noch was schreiben und das eilt ein bisschen. Schauen wir da ein andermal rein.«

Mike stand auf und schaltete Jakobs Computer ein. Jakob schaltete ihn wieder aus.

»Was soll das?« fragte Mike entrüstet.

»Das ist meine Wohnung, da läuft mein Computer, wenn ich sage, dass mein Computer läuft.«

»Ich will dir nur kurz was zeigen.«

»Ich will aber nicht kurz was sehen. Ich will meine Ruhe.« Jakob zog Mike an seiner kräftigen Schulter zurück in den Raum. Beide setzte es auf den Boden.

»Weißt du überhaupt, was das heißt, dass ich dir das alles verrate? Das ist ein Riesenvertrauensvorschuss, den ich dir dann gewähre. Da kannst du nicht einfach sagen: Mike, geh jetzt aus meiner Wohnung. Du weißt nun einfach zu viel. Wenn ich jetzt einfach gehe, könnte das bedeuten, dass dich jemand umbringt, verstehst du?«

Jakob war blass geworden. Mike fuhr fort: »Auf einmal bist du still. Aber die gute Nachricht ist: Ich habe einen Plan und ich brauche dich. Wenn wir da irgendwie reinkämen, wüsste ich, wie wir das System von innen aushöhlen.«

Jakob begann zu prügeln. »Halts Maul, hau ab, du blöder Wichser.« Er zog den großen Mike hoch mit unerwarteten Kräften und schmiss ihn gegen seine Wohnungstür. Er riss seine Wohnungstür auf und zog den Riesen raus.

Heftig atmend setzte Jakob sich an seinen Tisch und stürzte sein Glas Wasser hinunter. Als es ihm leid tat und er nachsehen wollte, war Mike weg. An der Stelle, an der er gelandet war, ein kleiner Blutfleck – beim Knallen an das Stiegengeländer war ihm die Stirn aufgeplatzt.

Am späten Nachmittag besuchte Jakob Katharina. Er bot ihr an, den ganzen Tag bei ihr zu bleiben, aber sie wollte erst allein zurechtkommen. Sie fuhren ins Klinikum, aber sie durften Clemens nicht sehen, der Zustand sei noch zu kritisch, keine Lebensgefahr, womöglich jedoch bleibende Schäden am Hirn, ob sie Angehörige seien. Jakob verneinte schnell. Auf dem Heimweg hielten sie an einem Café in der Ulmer Straße. Er lud Katharina – Lugners Hunni sei Dank – auf einen Kaffee ein, sie wollte auch noch Hochprozentiges. Clemens habe Birne eine Menge zu verdanken; wäre Birne nicht gewesen, wäre Clemens abgerutscht auf eine Drogen- und Verbrecherlaufbahn. Birne sei aber auch froh, Clemens gehabt zu haben. Da sei manche Information geflossen. Nicht jeder bei der Polizei verfüge über so exquisite Kontakte. Birne sei ein erfolgreicher Polizist gewesen. »Mancher wird froh sein, dass er weg ist.«

Katharina bestellte einen Cocktail und konnte danach nicht mehr fahren. Jakob brachte sie heim. Sie wollte diese Nacht nicht allein sein. Jakob blieb.

RECHERCHE

Die blutige Demonstration vor dem Augsburger Theater war großes Thema. Das ominöse Foto mit ihm und Oliver war auch heute nicht in der Zeitung, dafür unter der Überschrift »Splitter« seine Kurz-Interviews und Aufnahmen der Umstehenden.

Die Redaktion rief an: »Tolle Arbeit, Jakob, ist eine schöne Seite geworden. Du warst mittendrin. Ich habe mal wegen der Kohle gefragt. Denen fehlt deine Postanschrift, die brauchen sie, damit sie dir was überweisen, vorher geht leider nichts. Schick uns die doch mal schnell rein, am besten als Mail, dann geht das Geld sofort weg.«

»Mach ich gleich.«

»Hast du heute Zeit? Geh doch noch mal hin ins Theater und fang ein paar Stimmen ein. Da war zwar schon einer von uns für den offiziellen Bericht. Ein paar kleine Elemente kämen aber bestimmt gut auf der Seite.«

»So Splitter?«

»Genau. Suche einfach ein paar Leute, die was zu sagen haben.«

Jakob lachte auf und machte sich auf den Weg.

Franzbein schrie erfreut auf, als er ihn sah. »Der Jakob!« Unaufgefordert stand eine Tasse Kaffee vor ihm. »Warst du schon oben?« Die Kantine erreichte man durch den Seiteneingang.

»Kurz.«

»Sieht wild aus, alles schwarz am Eingang, der Schaden

hält sich aber in Grenzen, die Vorverkaufsschalter haben schon wieder geöffnet.«

»Ich frage oben mal jemanden, ich sammle wieder Splitter.«

»War eine schöne Idee heute in der Zeitung, hast du gut gemacht. Nachher kommt der Schultzberg sicher noch vorbei, der will sich für seine Kritik noch auf die Schulter klopfen lassen. Den würde ich auch noch interviewen.«

»Die Kritik war doch ein rechter Verriss«, wusste Jakob.

»Sie entspricht der Stimmung im Haus.«

»Ist dir nichts passiert?«

»Ich habe Zivilcourage gezeigt, nicht wahr?«

»Du warst schnell genug wieder in Sicherheit.«

»Beinahe hätte es mich erwischt. Mit den Dummen ist das Glück.«

»Wie ich sehe, läuft bei Ihnen schon wieder alles im Normalbetrieb«, stellte Jakob gegenüber der Dame im Vorverkauf fest.

»Es riecht halt noch. Baufällig ist der Laden eh. Das Feuer war gar nicht schlecht, dann müssen die von der Stadt hier mal anpacken. Ich warte nur darauf, dass mir eines Tages ein Stück Decke auf den Kopf fällt, gestorben im Dienst der Kultur. Das Einzige, was ich dann noch bedaure, dass ich nicht in München war.«

Jakob schaute zur Decke. »Geht noch, oder?«

»Das sieht nur so aus. Die Fassade sieht so aus, als wäre sie in Ordnung, doch auch die bröckelt.«

»Kaufen die Zuschauer denn schon wieder Karten?«

»Heute brummt der Laden. Vor allem die Karten für die zusätzlichen Vorstellungen von unserem Jugendlichen-Projekt, die wir spontan in unser Programm genommen haben, gehen weg wie Freibier. Wir sind bis Ende Juni ausverkauft. Die Warteliste ist auch schon ewig lang. Die müssen da noch ein paar Aufführungen hinhängen in der nächsten Spielzeit. Ist ja schön, wenn es ankommt.«

In der Kantine saß inzwischen Schultzberg bei einem Weizen und blätterte in der aktuellen Ausgabe der »Neuen Szene«. Jakob setzte sich zu ihm. Ohne ihn anzusehen, bemerkte Schultzberg: »Brecht hat immer recht.«

»Am Donnerstag haben sie auch Brecht zitiert und das hat Ihnen nicht gefallen.«

»Kommen Sie mir nicht mit Donnerstag. Ich will darüber kein Wort mehr verlieren. Wenn wir Kritiker so etwas nicht sofort kaputt schreiben, bedeutet dieser Mist das Ende des Theaters. Dann können wir uns gleich auf der grünen Wiese treffen und Zirkus aufführen.«

»Ich finde es nicht verwerflich, mit Kunst die Welt zu verbessern.«

»Der Schrott verbessert gar nichts. Die Idioten suchen sich irgendeine Randgruppe, die sie auf der Bühne ausstellen können zur Belustigung des Bildungsbürgertums – eine moderne Freakshow. Heute sind es arbeitslose Jugendliche, morgen überschuldete Langzeit-Hartz-IV-Empfänger, übermorgen verarmte Rentnerinnen. Der einzige Unterschied zum Deppenfernsehen ist, dass hier zwischendrin keine Werbung sondern ein Rechtfertigungs-Brecht läuft. Erbärmlich. Beten Sie zu Gott, dass ich nicht eines Tages zum Programmchef von RTL aufsteige und sei es auch nur für eine Woche.«

»Die Kinder haben wenigstens was davon, die waren auf einer Bühne und am Ende haben sie eine Ausbildungsstelle.«

»Das sehe ich genauso. Die haben echte Gefühle da auf

der Bühne, aber das erhöht nur ihren Niedlichkeitsfaktor für die Rechtsanwaltsgattinnen. ›Mann, mach doch was, gib ihm endlich eine Ausbildung.‹ Wenn ich als Kritiker schreibe, dass sie Shakespeare und Sophokles spielen sollen, damit sie wieder gesellschaftsrelevant werden und den Gegenwartsquatsch in die Tonne treten, dann bin ich zukunftsfeindlich. Ich halte meinen Mund und trinke lieber noch eines. Sie auch?«

Jakob wartete am Platz, bis Schultzberg mit frischem Getränk zurückkam. Er wusste, dass sie Kollegen waren und lobte seinen letzten Artikel.

»Sie haben ein Gespür für die Leute.« Er nahm einen tiefen Schluck aus seinem Weizen. »Ich brauche heute zwei, drei mehr«, rechtfertigte er sich. »Mir ist ein guter Freund gestorben. Deswegen trinke ich auch ausnahmsweise Dunkles, obwohl das normal nicht mein Fall ist. Mir geht es wahrscheinlich bald genauso. Die Ehrlichen gehen früher ins Grab. Ich finde das gut, dass Sie nichts trinken. Fangen Sie gar nicht damit an, das ist noch elender als Rauchen. Glücklicherweise bin ich zu faul, jedes Mal vor die Tür zu gehen, dieses Laster bin ich beinahe los.«

Albert Neun erschien. Er durchsuchte den ganzen Raum, entdeckte Schultzberg und steuerte ihn direkt an. »Ich finde es ungeheuer, dass Sie sich hierher wagen.«

»Nirgendwo bekommt man um diese Uhrzeit billigeres Bier in einem Lokal«, erklärte Schultzberg.

»Ihre Sauferei merkt man Ihrer Schreiberei deutlich an. Welcher Redakteur druckt den Mist überhaupt noch ab, den Sie permanent absondern?«

»Werden Sie mir nicht unverschämt. Es gibt einen Ton, den zivilisierte Menschen beibehalten sollten, auch wenn sie sich nicht ausstehen können.«

Jakob mischte sich ein: »Haben Sie Ihre Kampfhundwette gut verdaut? Hat Ihnen Ihr kleiner Schauspielerbub dabei geholfen?«

»Man sollte Subjekte wie Sie wirklich nicht frei rumlaufen lassen.«

»Kampfhundwette? Da fällt mir ein: Brecht selbst soll großer Hundesportfreund gewesen sein. Wir bewegen uns alle in bester Gesellschaft, gerade hier in Augsburg«, warf Schultzberg ein.

Neun biss die Zähne zusammen. »Ich werde Ihrem Treiben ein Ende setzen. Sie verstricken sich da in etwas, was Ihnen zum Verhängnis werden wird. Das verspreche ich Ihnen, zur Not Schwarz auf Weiß.« Ohne jemand anderen zu grüßen, ging er ab.

»Dieser Typ ist das Letzte«, warf ihm Schultzberg hinterher. »Ein Patriarch. Der meint, um seinen Nabel drehe sich die Welt. Ich will ihn vernichten.«

»Kannten Sie meinen Bruder?«

»Wer ist Ihr Bruder?«

»Birne.«

»Was heißt ›kannten‹?«

»Kein Mensch weiß, wo er steckt. Ich suche ihn.«

»Wie lange soll er schon weg sein?«

»Etwas über eine Woche.«

Schultzberg erstarrte. »Ein Freund von mir hat ihn noch gesehen am Donnerstag. Kurz drauf ist er gestorben.«

»Heinz Horst?«

»Genau. Birne muss ihn verlassen haben, kurz bevor er gestorben ist. So richtig verschwunden ist Ihr Bruder also nicht, hin und wieder läuft er jemandem übern Weg.«

»Ich war auch dort. Ich bin mit meinem Bruder verwechselt worden. Vielleicht war es gar nicht Birne, der gesehen wurde. Vielleicht war's ich.«

»Euch zwei kann man nicht gut verwechseln. Beim besten Willen nicht. Aber was soll's? Wenn ich Zeit hätte, würde ich ihn bedauern. Aber so: Der taucht schon wieder auf. Ich sollte übrigens auch dort gewesen sein, eigentlich, aber ein Kätzchen hielt mich im Bett.«

»Haben Kritiker Groupies?«

»Keine Mieze, ein kleiner Kater. Ich habe einen Abend lang auf die falsche Marke gesetzt, passiert auch Könnern. Haben Sie jetzt mein Weizen ausgetrunken? Nein? Dann ist es verdunstet. Kein Wunder bei der trockenen Luft hier.«

Nachdem Nachschub bereitgestellt worden war, fragte Jakob: »Warum wollten Sie sich bei Heinz Horst treffen? Ging es um Nazis?«

»I wo. Das war nicht dienstlich, es war mehr konspirativ.«

»Sie wollten saufen.«

»Wir wollten geheime Bowlenrezepte austauschen«, klärte Schultzberg auf. »Bowlenprobe. Schade dass Sie nicht trinken. Ihnen entgeht so viel Gutes. Heinz hat als pensionierter Richter seinen Kampf gegen Rechts weitergeführt, dafür bekam er aufs Maul, ordentlich, keine Frage. Hätte er nicht aufs Maul bekommen, hätte er Birne nicht kennengelernt, und das wäre auch wieder bedauerlich. Wo, meinen Sie, steckt Ihr Bruder? Haben Sie es schon bei ihm daheim probiert? Ich bekomme schon wieder Durst.«

»Natürlich habe ich es bei ihm daheim versucht. Seine Verlobte hat auch keine Ahnung.«

»Sagen Sie ihm einen Gruß, wenn Sie ihn sehen. Er soll sich melden. Ich will was unternehmen. Jetzt habe ich doch Lust auf eine Zigarette. Haben Sie einen Rauch?«

»Ich rauche nicht mehr. Wenn Sie Birne so gut kennen, wissen Sie, wo ich weiter suchen könnte?«

»Da wär der Heinz die viel bessere Adresse, aber da geht nichts mehr, leider. Ich hör mich um und wenn ich was weiß, erzähl ich es Ihnen. Versprochen. Sie sind auch öfter hier, sehe ich. Aber jetzt Sie entschuldigen mich bitte. Ich muss eine Zigarette auftreiben. Es war schön, mit Ihnen zu reden, obwohl Sie nichts trinken. Bin ich unmöglich zu ertragen, wenn ich so daherrede?«

»Nein, nein, das war für mich ein schöner Vormittag.«

»Das wollte ich hören.«

Franzbein weigerte sich, Geld für den Kaffee anzunehmen und ließ Jakob zurück.

»Darf ich Sie was fragen?«

In der Ecke hockten zwei Arbeiter im Blaumann beim Kaffee.

»Uns fragen? Wieso?«

»Ich bin von der Zeitung und sammle Stimmen zu den Vorfällen am Wochenende.«

»So? Zeitung? Was wollen Sie wissen?«

»Wie Sie das am Wochenende mitbekommen haben.«

»Dass es gebrannt hat? Das habe ich schon mitbekommen.«

»Und?«

»Jetzt ist alles schwarz.«

»Ja?«

»Ich mache meine Arbeit hier, der Rest ist mir wurscht, solange nicht das ganze Theater abbrennt. Ich mische mich da nicht ein.«

Dafür mischte sich sein Kollege ein, der älter war: »Das sind alles Verbrecher, die einen genauso wie die anderen. Denen geht's nur um den Krawall, das Politische ist denen egal.«

»Es ist ja auch jemand ums Leben gekommen.«

»Schlimm und – es wird immer schlimmer.«

»Die größten Schweinereien laufen eh hintenrum, die kriegen wir gar nicht mit. Das sind alles Showkämpfe. Aber am besten ist: Man kriegt von allem nichts mehr mit, sonst kommt man gar nicht mehr zur Ruhe.«

»Schreiben Sie das alles auf?«

»Ich sortiere es noch.«

»Ja, dann sage ich jetzt nichts mehr, sonst heißt es gleich wieder … «

»Trotzdem danke.«

»Keine Ursache.«

Jakob konnte heim, er hatte seiner Meinung nach genug Material für seine Splitter.

Jakob trat ins Freie, wo ihn klares Frühlingswetter erwartete. Man konnte heute die Arbeit im Wittelsbacher Park am Laptop erledigen. Moni bog um die Ecke. Jakob grüßte sie freudig erregt, sie nahm ihn nicht wahr, ihr liefen Tränen übers Gesicht. Jakob zögerte nur wenige Sekunden, dann folgte er ihr. Sie beschleunigte ihren Schritt. »Warte, Moni, ich bin's, Jakob.«

Wieder keine Reaktion, Jakob blieb an ihr dran. Sie ging am »Weißen Lamm« vorbei Richtung Fronhof, durch den Park, direkt auf den Dom zu. Sie verschwand in der Kirche. Jakob ihr hinterher, doch kaum war er im Inneren, sah er sie nicht mehr. Er patrouillierte einmal die Seitenaltäre entlang und ging dann davon aus, dass sie gleich zum anderen Eingang wieder raus war. Er hatte sie verloren.

DOM

Wenn er schon mal da war, konnte er gleich beten. Am frühen Nachmittag herrschte nur mäßiger Betrieb. Arbeiter in der Mittagspause nahmen sich eine Viertelstunde Auszeit von der Hektik ihrer Betriebe. Junge Kreative suchten in der Kunst Inspiration. Verkäuferinnen entspannten ihre vom langen Herumstehen müde gewordenen Füße. Rentnerinnen lagerten ihre Einkaufstüten im Eingangsbereich. Jakob setzte sich in eine freie Bank in der Mitte und schloss die Augen. Seine Gedanken wurden zu einem Rauschen, keiner war mehr zu greifen, alles kam ins Fließen. Ruhe kehrte ein.

»Wirklich gut gemacht, Jakob.«

Jakob schreckte auf. Zwei Reihen hinter ihm saß Lugner, die Hände gefaltet und weit in die vordere Sitzbank hineingestreckt. »Richtig fest drauf, der braucht ein paar Wochen, um zurück auf die Piste zu finden. Haben Sie sich schon überlegt, was Sie machen, wenn die Polizei lästig wird?«

»Die Polizei? Kümmern Sie sich doch um die Polizei, wenn Sie so mächtig sind.«

Lugner brach in ein stilles Lachen aus. »Mich interessiert nur, wie Sie damit zurecht kommen.«

»Das sehen Sie doch: Ich bete. Der Herr ist mein Hirte, nichts wird mir fehlen et cetera.«

»Dann lassen Sie mich doch fortan Ihr Hirte sein und nicht dieses Gespenst am Kreuz.«

»Voilà. Hier ist Ihr Knecht, mit mir geschehe nach Ihrem Willen«, bot Jakob an.

»Nun gut. Sehen Sie den Beichtstuhl da drüben? Gehen

Sie da rein, lassen Sie die Hose schon mal runter und warten Sie auf mich.«

Jakob erhob sich von seinem Platz und begab sich in den Beichtstuhl. Lugner beobachtete genau jeden seiner Schritte, schaute sich akribisch um, ob sie auch niemand aufgefallen waren und folgte ihm eine Minute später nach. Er zog die Tür zum Beichtstuhl auf und wurde von Jakobs Armen in Empfang genommen. Diese Arme umfassten Lugners Kopf und zogen ihn zwischen Jakobs Beinen hindurch hinunter zu der kleinen Bank, auf der der Beichtende normalerweise kniete, und schmetterten ihn zweimal mächtig dorthin. Das genügte, um aus Lugners Nase schwallweise Blut hervorbrechen zu lassen. Jakob schloss die Tür, die zwei Männer waren sich auf kleinem Raum nahe. Er hielt Lugners Kopf fest zwischen seinen Schenkeln und drückte mit den Daumen auf dessen Kehlkopf, so dass diesem mangels Atem vielleicht noch zwei Minuten bei Bewusstsein blieben.

»Ich will wissen, wo Birne steckt und was ihr mit ihm angestellt habt.«

Lugner würgte: »Ich schwöre, ich habe keine Ahnung.«

»Dann will ich, dass Sie jetzt alles in Ihrer großen Macht Stehende tun, um das herauszubekommen. Heute Abend suche ich Sie daheim auf und wenn Sie dann nichts wissen, geht es Ihnen schlechter als Clemens.«

»Zufällig wollte ich Sie sowieso morgen zu mir einladen.«

Jakob ließ den mittlerweile bewusstlosen Lugner-Beutel auf der Beichtbank liegen und verließ das Kabuff. In der Bank, die er vorhin besetzt hatte, kniete nun Moni, ein Engel. Er trat an sie heran: »Warum hast du geweint?«

»Ich bin schwanger.«

»Da weint man doch nicht, da freut man sich doch: ein neues Leben. Warum bist vor mir davongelaufen?«

»Ich habe dich nicht gesehen.«

VERHÖR

Er steckte seinen Laptop und eine Flasche Eistee in den Rucksack, als ein Türklingeln ihn stoppte. Die Polizei, vertreten von Trimalchio und Tanja.

Trimalchio freute sich: »Schön dich wiederzutreffen. Wir müssten dir ein paar Fragen stellen. Wir halten dich nicht lange auf. Du wolltest wohin?« Er deutete auf den Rucksack.

»Nur in den Park, ein paar Kleinigkeiten tippen für die morgige Zeitung.«

Tanja warf ein: »Kann sein, dass die Leser morgen auf den Stoff verzichten müssen, kommt ganz auf die Qualität deiner Aussage an.«

»Geht es um Heinz Horst?«

»Du bist der Letzte, der ihn lebend gesehen hat«, wusste Tanja.

Jakob bot Platz und Kaffee an, Trimalchio nahm gerne an, Tanja zog es vor, stehen zu bleiben.

»Ich war in seinem Haus, als es passiert ist. Aber ich war nicht bei ihm, als er gestorben ist. Es war ein Herzinfarkt, sagt der Notarzt. In dem Alter Herzinfarkt und Tod, kann schon sein, will ich nicht ausschließen, ich bin selbst beim Roten Kreuz und immer wieder bei Veranstaltungen ehrenamtlich eingesetzt. Aber da war nichts mehr zu machen, habe ich gleich gesehen und trotzdem den Notarzt gerufen, war ja klar, macht man standardmäßig.«

»Erzähl uns doch mal, was genau passiert ist«, bat Trimalchio.

»Ich bin immer noch auf der Suche nach meinem Bruder. Da schien mir Horst eine gute Anlaufstelle. Ich wusste, dass Birne ihn befragt hatte, kurz nachdem er von Nazis zusammengeschlagen worden war. Was mir gleich verdächtig vorkam, war, wie wenig Misstrauen er mir gegenüber hatte. Er bat mich sofort herein und bot mir zu trinken an. Wir saßen in seinem Wohnzimmer, als noch jemand an seiner Tür war. Ich hörte kein Klingeln und kein Klopfen, er stand auf, um den weiteren Gast reinzulassen und ich blieb allein zurück.«

»Du hast nicht gehört, womit sich der Besuch bemerkbar gemacht hat«, hakte Tanja nach.

»Das bedeutet doch, dass Horst noch einen Gast erwartet hat«, schloss Trimalchio.

»Birne sollte noch kommen!«, fiel Jakob ein.

»Woher weißt du das?«, mischte Tanja sich ein.

»Schultzberg hat mir verraten, dass Birne bei Horst gewesen sein soll, angeblich habe ich ihn nur knapp verpasst. Es kann auch sein, dass Birne sich verspätet hatte und ich vor ihm eingetroffen bin. Sie wollten Bowlen-Rezepte tauschen und auch an Ort und Stelle ausprobieren.«

»Bowlen-Rezepte, sicherlich«, warf Tanja verächtlich ein. »Und wir sind der Wachtmeister Dimpfelmoser und suchen die Kaffeemühle der Großmutter, Herr Zwackelmann.«

»Dann sind Sie bei mir an der falschen Adresse. Mein Kaffee kommt gemahlen in die Maschine und ist wohl jetzt fertig. Willst du nicht doch eine Tasse?«, bot Jakob Tanja an .

»Was genau ist dann passiert?«, antwortete sie.

»Ich habe eine Weile gewartet, eine Weile, in der nichts passiert ist außer dem Umfallen eines Besens.«

»Ihr habt Bowle gemischt, ein Besen ist umgefallen und plötzlich war ein Mensch tot?« Tanja haute auf den Tisch.

»Besser kann ich es nicht zusammenfassen, das heißt, die Bowle haben wir nicht gemischt, ich trinke keinen Alkohol tagsüber, ich trinke eigentlich überhaupt keinen Alkohol«, behauptete Jakob.

»Wir nehmen dich mit wegen dringenden Tatverdachts«, bestimmte Tanja.

»Warum sollen wir ihn mitnehmen? Damit haben wir doch nur Geschiss«, warf Trimalchio ein.

»Er bemüht sich nicht mal, den Verdacht von sich abzulenken. Bowlen-Rezepte und umfallende Besen. Ich bitte dich.«

Jakob fiel noch was ein: »Es klang so, als ob ein Besen umgefallen sei. In Wirklichkeit ist natürlich Horst auf den weichen Teppich gefallen.«

»Ich weiß nicht, ich weiß nicht.« Trimalchio schüttelte seinen Kopf. »Jakob, ich schätze dich als Bruder vom Birne, doch du musst zugeben, deine Geschichte klingt komisch. Du musst dich konzentrieren, erinnere dich genau, wie das war. Jetzt kann uns jeder Hinweis weiterbringen. Und wenn er uns nicht zu einem Mord und einem Mörder führt, könnte es immerhin sein, dass wir bei deinem Bruder landen.«

»Da war noch jemand.«

»Noch jemand?« hakte Tanja nach.

»Ja, er wollte mich mitnehmen und – er hat mich mit Birne verwechselt. Und als ich ihm gesagt habe, dass ich nicht der Birne bin, sondern nur der Bruder, war er wütend und hat mich umgeschmissen und ist davongerannt. Ich bin ihm hinterher, aber hab ihn nicht mehr gesehen auf einmal.«

»Auf einmal? Und der könnte den alten Mann nicht umgetreten haben?«

»Könnt er natürlich. Glaub ich nicht wirklich. Mein Fahrrad war kaputt. Das könnten die Täter gemacht haben – wenn es welche gibt. Täter. Mensch, jetzt bekomme ich aber Angst, ehrlich. Wie nah ich da dran war, da hätte mir leicht auch was passieren können. Ihr glaubt, dass es Mord war? Ja, jetzt wo ich die Geschichte so erzähle, sehe ich auch eine gewisse Wahrscheinlichkeit, dass hier nicht nur der Zufall am Werk war. Außerdem haben die Täter mein Fahrrad zertreten. Sie konnten also ahnen, dass ich da drin war. Wieso machen die mein Fahrrad kaputt? Damit ich nicht weg kann? Damit ich als Verdächtiger dastehe? Dann machen die doch mein Fahrrad nicht kaputt, dann kann ich doch behaupten, ich mach doch mein Fahrrad nicht kaputt, wenn ich in dem Haus gerade jemanden umgebracht habe. Dann fahr ich doch weg, so schnell ich kann. Oder? Andrerseits könnte ich ja gerade deswegen das Fahrrad selbst kaputt getreten haben, um den Verdacht von mir abzulenken. Aber das ist als Aktion, um von dem Verdacht, der auf mich fällt, abzulenken, viel zu dämlich ausgedacht, damit komme ich keinen Meter weit, allerdings ist das auch der Grund, weshalb es wiederum so plausibel ist. Ziemlich kompliziert das alles. Ich beneide euch nicht um euren Beruf, nein, den lass ich euch lieber selber machen. Die Angst, ich könnte euch da hineinpfuschen, braucht ihr nicht haben.«

Die zwei Polizisten schauten sich an. Trimalchio stellte fest: »Wie Katharina, der durftest du auch nichts sagen, schon schoss sie los und war nicht mehr zu bremsen. Die wusste auch alles gleich und besser. Wahnsinn. Wieso meinen alle, sie könnten unsere Arbeit genauso erledigen wie der Fachmann? Ich stell mich doch auch nicht unter einen Dachstuhl und erzähl dem Zimmermann, wie er zu nageln hat.«

Und Jakob war wirklich nicht zu bremsen: »Ich habe eine

Idee: Das war gar nicht so vorgesehen. Es handelt sich um eine Impulstat; die wollten den Alten nur ein bisschen einschüchtern, ihn daran erinnern, dass da, woher schon mal was kam, noch mehr blüht. Am Ende steckt dieser Lugner dahinter, dieser Lugner, der übrigens ausgesprochen schlecht auf dich zu sprechen ist. Aus dem wird man nichts rauskriegen. Der mauert sich zu gut ein.«

Tanja unterbrach ihn: »Was hast du mit dem Lugner zu schaffen?«

»Fragt umgekehrt: Was hat der mit mir zu schaffen? Den krieg ich gar nicht mehr los, der kriecht mir regelrecht hinterher, der will mich da in was hineinziehen. Aber ich bin nicht blöd, ich mach nichts Dummes, keine Sorge. Sollt ich allerdings was rausbekommen, sag ich euch Bescheid.«

»Zum letzten Mal: Halt dich da raus.« Tanja, streng.

»Ich an eurer Stelle würde lieber nach einem kleinen Täter suchen, einem Handlanger, der nichts plant, der im Affekt handelt. Wäre auf der Fensterbank vor dem Haus ein Messer gelegen, hätte er das wahrscheinlich dem Opfer in den Hals gerammt. Wäre ich ein paar Sekunden früher nachschauen gekommen, wäre Herr Horst noch am Leben oder ich auch unter den Opfern. Kennt ihr übrigens diesen Jungen, der immer mit unserem Schauspieldirektor abhängt, diesen Oliver? Für mich ist das ein ganz heißer Kandidat.«

Trimalchio fuhr sich mit der Hand übers Kinn. »Oliver.«

»Wer ist Oliver?«, fragte Tanja heftig.

»Oliver ist der Sohn eines ehemaligen Kollegen, dem die Trennung von seiner Frau nicht gut bekommen ist«, erklärte Trimalchio. »Ihm ist ein Mord im Dienst passiert. Für den sitzt er gerade ein. Seinen Bub, den Oliver, hat es ebenfalls aus der Bahn gehauen. Er steckt irgendwo hier im betreuten

Wohnen und hat mit einiger Mühe inzwischen seine Schule abgeschlossen. Mehr weiß ich nicht.«

»Aber ich«, fügte Jakob hinzu. »Im Rahmen eines Theaterstücks für arbeitslose Jugendliche war er neulich eine Zeitlang aufgeräumt. Die treten gerade im Stadttheater auf und hoffen, dadurch eine Lehrstelle zu finden, was aber nicht so einfach ist: Der Junge hängt am rechten Rand ab; in der Gesellschaft schafft er den Absprung nicht, wenn ihr mich fragt.«

»Warum suchen wir den nicht?«, wollte Tanja wissen.

»Der wäre schon noch dran gekommen«, beruhigte Trimalchio sie.

»Ich würde mich beeilen, meiner Meinung nach kann der Kerl seine Beziehungen nutzen, eine Weile unterzutauchen.«

»Wir nehmen dich jetzt mit und suchen dann den Kerl«, versuchte Tanja ihr weiteres Vorgehen zusammenzufassen.

»Wir brauchen ihn doch nicht mitzunehmen.«

Ein Handy klingelte. Trimalchio maulte: »Kannst du das Ding nicht einmal ausmachen, während wir verhören?«

»Entschuldigung. Ich will vielleicht auf dem Laufenden sein und nicht ständig die aktuelle Entwicklung im Fall als Letzte erfahren.«

»Weißt du überhaupt, wie das nervt, jedes Mal wenn ich mich auf die Befragung konzentriere und drauf achte, dass der Verdächtige unbewusste Hinweise fallen lässt, aus denen wir unser Netz knüpfen können, in dem er sich heillos verfangen wird, bimmelt das Scheißding.«

»Bei dir ist immer alles gleich jedes Mal. Mein Handy klingelt das zweite Mal allerhöchstens, seit wir zusammen ermitteln. Und jedes Mal war es wichtig.«

»Zweimal ist mir zweimal zu viel. Solange du mit mir unterwegs bist, ist das Handy aus. Basta«, schrie Trimalchio.

»Das ist ein Diensthandy, es heißt Diensthandy, weil es während meines Dienstes an zu sein hat, sonst bezahlt es mein Dienstherr nicht. So einfach ist das. Nur weil du bei dir daheim überhaupt nichts mehr auf die Reihe bekommst, musst du das nicht an mir rauslassen.«

»Mein Privatleben geht dich gar nichts an. Außerdem lass ich an dir raus, was mir passt. Ich bin immer noch dein Vorgesetzter.«

Jakob mischte sich ein: »Vorschlag zur Güte: Es ist so schönes Wetter heute, streitet euch doch draußen weiter. Ich hätte selbst auch noch eine Arbeit, zu der käme ich dann auch endlich.«

Die drei verließen Jakobs Wohnung. Die Polizisten stiegen ins Auto. Man hörte sie von außen noch fest miteinander diskutieren. Jakob spazierte zum Wittelsbacher Park, setzte sich auf eine Bank im Schatten und klappte seinen Laptop auf, um seine heutigen Splitter zu tippen. Doch auch sein Handy störte nun. Eine SMS von Katharina war es. Er solle kommen und zwar so schnell wie möglich, sie werde bedroht.

WOHNGRUPPE

Die Polizisten suchten nach einem Stopp bei McDonald's, wo Trimalchio einen Versöhnungskaffee spendierte, die Wohngruppe Olivers auf. Trimalchio kannte sich aus. Ihr Weg führte sie in den Augsburger Stadtteil Lechhausen. In einer wenig befahrenen Seitenstraße eines Wohngebiets stand ein grünes Haus, friedlich und unverdächtig.

Tanja fiel ein: »War hier nicht mal was in der Gruppe mit sexuellem Missbrauch?«

»Das war hier, hat sich dann aber als böses Gerücht erwiesen, das jemand in Umlauf gesetzt hat, um dem Verein hier zu schaden. Hat sich auch hartnäckig gehalten. Wenn irgendjemand sagt Sex und Missbrauch, dann hast du echten Ärger am Hals, egal wieviel dran ist, die Leute sagen immer: Da muss ein Korn Wahrheit drin stecken. Die haben damals ganz schön gerudert, um finanziell nicht abzusaufen.«

»Aber mittlerweile läuft es wieder.«

»Mittlerweile geht es denen wieder passabel.«

Sie klingelten an der Haustür, nachdem ihnen niemand aufmachte, betraten sie das Haus. Im gelb gestrichenen Hausgang saß ein 30-jähriger Mann an einem Tischchen und rauchte Zigarillo, er begrüßte sie mit einem Winken.

»Servus. Was kann ich für euch tun?«

»Polizei«, stellte Trimalchio sie vor und Tanja ergänzte »Mordkommission.«

»Polizei? Mordkommission?«, fragte der Mann nach.

»Genau, wir suchen einen gewissen Oliver Abraham. Wohnt der hier?«, fragte Tanja.

»Grundsätzlich wohnt der hier«, antwortete der Raucher und zupfte an seinem Augenbrauenpiercing. »Aber im Moment ist es schlecht. Im Moment ist, glaube ich, gar niemand da außer mir. Wie kann ich Ihnen helfen?«

»Gar nicht. Danke.« Trimalchio wandte sich zur Tür.

»Wie macht sich der Oliver so?« Tanja blieb stehen.

»Gut. Seit er bei uns ist, gibt es kaum noch Probleme. Er ist ein ruhiger Typ, der sich gern zurückzieht. Bald muss er gehen. Er wird 18.«

»Hat er Freunde?«

»Leider. Er hat mal ein paar Glatzen mit hierher gebracht. Das mussten wir dann unterbinden. Kann gut sein, dass er die Leute immer noch trifft. Das bekommen wir nicht mit, das geschieht draußen.«

»Dürfen die Insassen hier unbeaufsichtigt raus?«

»Wir sind kein Gefängnis, wir haben keine Insassen. Die müssen sogar unbeaufsichtigt raus, wenn sie zur Schule oder in die Lehre gehen. Dann haben wir schon gewonnen, wenn sie eine Lehrstelle haben. Sieht übrigens nicht schlecht aus für den Oliver. Der hat jetzt was, der fängt eine Maurerlehre an. Das ist aber ein Betrieb auf dem Land. Da wird er schneller hier raus sein, als er muss.«

»Wo finden wir ihn jetzt?«

»Hat er was ausgefressen?«

»Ich stelle hier die Fragen«, beharrte Tanja.

»Oho, den Satz kenne ich aus dem Tatort. Wenn er was ausgefressen hat, dann hat er gegen unsere Regeln verstoßen, dann ist er eh hier raus, wäre trotzdem schade um ihn, er hätte es schaffen können. Haben sie wieder ein paar Ausländer geschubst?«

»Wo wir ihn finden können, hat die Kollegin gefragt.«

»Habe ich eigentlich ein Recht, die Aussage zu verweigern oder wird das schon gegen mich verwendet?«

»Leck mich doch am Arsch.« Tanja beugte sich über den Aschenbecher und blies eine Wolke Staub in das Gesicht des Sozialarbeiters, was ihn heftig zum Husten brachte.

»Ihr seid bescheuert«, war seine Reaktion. »Die sind raus aufs Land, in ein Kaff namens Agawang, da ist heute Schützenfest. Da wollten sie Karussell fahren. Ihr müsst euch nicht beeilen, es besteht keine Fluchtgefahr.«

Trimalchio und Tanja starteten ihren Wagen.

»Weißt du, wo wir hinmüssen?«, fragte sie.

»Ich hatte mal einen Kumpel da draußen. Wir haben öfter in der Gegend gesoffen.«

»Wird sich der Weg lohnen?«

»Wer sich so aufführt, hat was zu verbergen.«

»Oder zu viel fern geschaut.«

Im Haus telefonierte der Sozialarbeiter gerade mit seinem Kollegen auf Ausflug: »Gerade waren die Bullen da und haben sich recht wichtig gemacht. Ich habe sie raus geschickt zu euch. Da kriegen sie dann den Empfang, den sie brauchen.«

ÜBERWACHUNG

Der Nachmittag schritt voran. Die Redaktion hatte sich schon gemeldet, Jakob erkannte die Nummer auf dem Display, die fragte nach seinen Beiträgen. Wenn er nicht bald lieferte, würden die den Platz anders füllen und, was noch schlimmer war, nicht mehr so schnell auf ihn zurückgreifen. Dann war sein Stern am Zeitungshimmel schon wieder verglüht.

Katharina hatte ihm den Schlüssel zurückgegeben und behauptet, es sei ganz in Birnes Sinn, wenn er ihn behalte, wo er ihn ihm doch auch habe zukommen lassen. Jakob betrat also Katharinas Wohnung ohne anzuläuten. In Gang, Küche und Wohnzimmer fand er niemanden außer der Bartagame, die er nicht im geringsten beeindruckte – kein Wachtier. Er klopfte an der Schlafzimmertür und hörte Geräusche aus dem Bad: Die Dusche war an. Jakob klappte seinen Laptop auf, um die Wartezeit sinnvoll zu nutzen. Es ging voran. Sein halber Text war fertig, eine halbe Stunde vergangen, und die Dusche lief immer noch.

Er klopfte an der Badezimmertür: »Katharina, bist du da drin?« Er betrat vorsichtig den Raum. Dampfschwaden hüllten ihn ein, er konnte nichts erkennen. Ein dumpfer Gegenstand traf ihn am Kopf. Er taumelte und musste sich an der Klinke festhalten. Die Sicht wurde klarer, er arbeitete sich vor zur Dusche, schob den Vorhang zur Seite – da war niemand. Das Wasser lief sinnlos zum Ausguss hinaus. Hinter ihm am Boden lag eine Glaskaraffe mit einem Duschbad. Sie war vom Schrank gepurzelt und hatte ihn getroffen. Er drehte das Wasser zu und setzte sich zurück an seine Arbeit im Wohnzimmer. Katharina ging nicht ans Handy, er kochte sich Kaffee. Wind kam auf, es wurde kühler.

Nachdem er mit seiner Schreibarbeit fertig war, brauchte er einen Internetzugang. Er zog sich die Datei auf seinen USB-Stick und fuhr Katharinas Rechner hoch. Sie hatte den Zugang mit einem Passwort geschützt. Jakob probierte und hatte tatsächlich beim ersten Mal Erfolg, als er klein ›birne‹ eintippte. Er schickte die Datei weg und wollte den Computer schon runterfahren, als ihm ein Ordner auf dem ansonsten gut aufgeräumten Desktop auffiel, der den Namen »Überraschung« und das heutige Datum trug. Er enthielt Bilder, Bilder von Clemens, wie er hier vor dem Haus stand, wie er in die Wohnung kam, wie er Katharina umarmte und mit ihr ins Schlafzimmer ging. Und Bilder, die im Schlafzimmer aufgenommen worden waren. Sie zeigten Katharina und Clemens, wie sie sich ausführlich liebten. Jakob spürte eine gewaltige Erektion, ihm fiel noch auf, dass innerhalb des Schlafzimmers aus drei verschiedenen Perspektiven fotografiert worden war. Er sah keinen Hinweis darauf, dass die beiden sich in irgendeiner Weise beobachtet fühlten. Jakob öffnete seine Hose und holte aus seiner Tasche Tempotaschentücher. Er vergrößerte ein Bild, auf dem Katharina Clemens' Eichel küsste. Das gefiel Jakob so gut, dass ihm sofort mehrere Millionen Spermien in den Falz seines Tempos schossen. Praktisch zum selben Zeitpunkt hörte er, wie an der Tür hantiert wurde. Jakob schob das Tuch in seine Hosentasche, zog den Dateiordner auf seinen Stick und seine Hose wieder hoch und fuhr die Maschine herunter. Katharina stand in der Tür, sie hatte geweint, er ging auf sie zu und umarmte sie, dabei verschmierte er den Rest seines Ergusses auf dem Rücken ihrer Bluse.

»Jakob, ich bin froh, dass du da bist. Ich komme gerade

aus dem Krankenhaus, von Clemens. Eventuell bleibt ihm ein Schaden im Kopf, kann auch sein, dass er in Zukunft auf einen Rollstuhl angewiesen ist. Kannst du dir das vorstellen, dieser große kraftstrotzende Mann ein Leben lang ein hilfloser Krüppel?«

Jemand versuchte Jakob anzurufen. Jakob wollte nicht hingehen, doch Katharina fordert ihn auf. Es war sein Redakteur. »Du Sauhund, du verreckter, ich habe die Seite schon umgebaut gehabt, weil ich nicht mehr mit dir gerechnet habe, und jetzt schickst du uns das. Ich habe mich zuerst einmal weggeschmissen vor Lachen und die Sachen ganz schnell noch eingebaut, bevor wir heute in Druck mussten. Das ist genial, Alter. Wie bekommst du das nur immer wieder aus den Leuten raus? Das ist doch nicht erfunden, oder?«

»Im Leben würde ich so etwas nicht erfinden, lieber würd' ich mir die Finger abhacken lassen.«

»Wunderbar. Bleib dran, du hast hier auf jeden Fall einen ganz großen Stein im Brett. Ist das Geld angekommen? Ich habe selbst noch mal nachgefragt.«

»Habe noch nicht nachgeschaut.«

»Und bitte das nächste Mal ein bisschen früher liefern, ja? Das schont meine und deine Nerven.«

»Ist gebongt, Chef.«

Katharina freute sich mit Jakob oder tat zumindest so: Sie wollte eine Flasche Sekt öffnen. Jakob verhinderte es nicht, er trank ein Glas mit und fühlte sich hernach angenehm leicht.

Katharina schüttete den Rest Flasche in sich und war innerhalb einer Viertelstunde ordentlich beladen. »Clemens und Birne – starkes Team, gute Freunde. Du, dem Clemens ging es nicht gut, den hat ein Verein kassiert gehabt, vor denen hat er Angst gehabt wie ein Hund vor einem Prügel. Das war ein anderer Mensch seinerzeit. Ich hab ihn einmal gesehen, da waren wir – der Birne und ich – Kiosk Sonnenblick an der Wertach, da war Sommer. Kennst du den Kiosk, traumhafte Adresse im Sommer, genau richtig für uns. Wir immer hin auf eine Currywurst mit Pils und Jägermeister. Einmal waren wir dort und da glotzt uns die ganze Zeit ein Typ an. Ich mein zuerst, der starrt auf mich, meinen Busen, und denk mir Saudepp, blöder. Ich bin aufs Klo und wie ich zurückkomme, merke ich, dass er mehr an meinem Birne interessiert ist. Ich habe es ihm gesagt, dass da dauernd einer zu uns herglotzt, und der Birne hat sich umgedreht, ist kurz erschrocken, wie er den Clemens gesehen hat. Mehr erschrocken ist aber der Clemens selbst. Birne ist zu ihm hin und sie haben geredet, leise, so dass ich nichts hören konnte. Clemens war unsicher und wurde lauter, sagte ›Nein!‹ und ›Niemals!‹, dann stand er auf und ist abgehauen. Das war das erste Mal, dass ich den Clemens gesehen habe. Haben wir noch was zum Saufen?«

»Katharina, ich denke, es wäre besser, wenn du jetzt aufhörst.«

»Jakob, kümmere dich um dich selbst. Okay? Dir fehlt ein bisschen die Erfahrung im Leben, da würde ich mich zurückhalten mit Vorschlägen an andere, wie viel für sie gut ist.«

»Meinetwegen. Aber schnell ist es zu viel, da reicht einer und schon ist es zu viel, wo es gerade eben noch in Ordnung und gutes Mittelmaß war. Und wann es zu viel ist, haben schon Gescheitere als du nicht gemerkt, solange es noch nicht gefährlich ist.«

Jakob ging zur Toilette und spülte den Inhalt seiner Tasche weg. Zurück fragte Katharina ihn, ob er ihr Handy irgendwo habe liegen sehen, sie vermisse es eine geraume Zeit schon.

»Du hast mir doch vorhin eine SMS geschrieben.«

»Das kann nicht sein, es ist seit gestern weg.«

SCHÜTZENFEST

Müde hielten sich einzelne Gäste in der Nachmittagssonne an ihren halbvollen Maßkrügen fest und schauten gegen den Schlaf kämpfend geil auf die Ausschnitte der sporadisch vorbeiflanierenden Dirndl, wobei das Alter der Trägerinnen die Gaffer wenig interessierte. Das Kinderkarussell drehte träge seine Runden, nie mehr als zwei winzige Fahrgäste transportierend. Das Fest ruhte, hatte gegen Mittag einen kleinen Sturm hinter sich gebracht und wartete auf den großen am Abend, wenn die Kapelle zur Stimmung aufblies, als sei dies die letzte Gelegenheit, die Sau rauszulassen vor dem Fegefeuer. Einzig in der Bar stand ein aufrechter Kämpfer an seiner vierten Maß Gaiß, darin ein halber Liter dunkles Bier, halber Liter Cola und einige großzügige Schüsse Kirschlikör – die hier übliche Variante. Er erklärte dem müden Barmann, wie gut das seinerzeit in der schlimmen Zeit funktioniert habe und so eine flaue Atmosphäre wie gerade damals nie geherrscht habe, als ein großer Gedanke die Feiernden noch geeint habe. Der deutsche Trinker sah zwar schlecht aus in seinem Trachtenjanker, war aber selbst noch sicher keine 60, kannte also die Zeit, die er so lobte, keinesfalls aus eigener Anschauung, hatte sie wohl selbst in der Bar stehend von Vorfahren so lebendig geschildert bekommen, dass er nun glaubte, selbst dabei gewesen zu sein. Es näherten sich ihm von hinten vier junge Männer, klopften ihm auf die Schulter und gaben ihm recht. »Es ist eine Schande«, sagten sie. »Wenigstens wir halten die Ehre noch aufrecht.« Und: »Heute Abend siegen wir wieder.« Der Alte freute sich riesig über den jugendlichen Zuspruch, der ihm zuteil wurde und fragte: »Buben, was wollts? Ich zahl euch alles.« Das Versprechen wurde an Ort und Stelle eingelöst. Vier Jägermeister und gleich darauf, weil es sich so schlecht auf einem Bein steht, vier Obstler.

Sie parkten auf einer extra zum Parken abgemähten und mit Absperrbändern eingezäunten Wiese. Ein Feuerwehrmann, der dazu extra seinen Bierkrug abstellte, wies sie ein, damit sie sich in dem knappen Dutzend Autos, das zurzeit das Feld belegte, nicht verparkten. Eines der Dutzend Autos war ein neuerer VW-Bus mit einem Stadtkennzeichen. Trimalchio stieg aus der Fahrertür heraus mit seinem linken Fuß in eine Lache Erbrochenes, halbes Hendl, Pommes frites und diverse Liter Festbier, noch körperwarm. Kaum hatte er sich den Schuh durch wildes Reiben an sauberem Gras halbwegs gereinigt – die Spritzer an der Hose mussten vorerst bleiben und waren zu ignorieren – steuerte auf sie beide eine ältere Dame in Tracht zu und stellte fest: »Sie haben noch kein Festzeichen.«

Tanja erwiderte: »Wir sind nicht zum Feiern da, wir sind dienstlich hier.«

Die Dame verzog ihr Gesicht, so dass Trimalchio reagieren musste: Er zahlte lächelnd die sechs Euro für die zwei bunten Stofffetzen, die die Frau, nicht ohne ihn einmal in die Brust zu stechen, mit einer Nadel an ihren Hemden befestigte. Damit waren sie drin im zähen Fluss des Festgeschehens. Sie hatten ihre Zielgruppe rasch identifiziert. Im Zentrum des weitgehend leeren Festzelts saß ein Mann inmitten einer Gruppe junger Leute und rauchte fest. Ein Alleinunterhalter bemühte sich, zwei Betrunkene mit dem Fliegerlied wachzuhalten. Tanja steuerte ihren Tisch an.

»Sind Sie die Wohngruppe des Fliegenpilz-Vereins?«

Der Betreuer zog an der Zigarette und blies dann die Antwort: »Yo, sind wir.«

»Wir sind von der Polizei. Wir suchen den Jugendlichen Oliver Abraham, er sollte sich bei Ihnen aufhalten.«

»Von der Polizei sind Sie? Da muss ich Sie enttäuschen: Der Oliver ist heute nicht mitgefahren. Der ist heute Nachmittag bei seiner Freundin.« Wie er Tanjas Gesicht runterklappen sah, fügte er hinzu: »Tja, kennen Sie das Buch ›Der Weg war umsonst‹?«

Tanja drehte sich um. Trimalchio saß am Nebentisch, eine Bedienung war schon bei ihm gewesen. Es stand eine volle Maß Bier vor ihm. Sie schnappte sie ihm weg, trank sie an und sagte: »Wieso trinkst du nichts? Eine wäre doch gegangen, auch wenn du fährst.«

Sie setzten sich, als sie die zweite Maß hatten, in die Sonne, die genug Kraft hatte, ihnen ordentlich Durst zu machen. Nach 30 Minuten mussten sie nachbestellen. Ein Rentner wankte schwer beladen an ihnen vorbei in Richtung Klowagen. Er nickte sie grüßend an. Auf dem Rückweg setzte er sich zu ihnen. »Gehört ihr zum Bergmüller?«

»Nein.«

»Ihr seht so aus, als ob ihr zum Bergmüller gehören tätet.«

»Das sagen schon mehrere heute«, versuchte Trimalchio weiterzukommen. »Aber wir gehören da nicht dazu.«

»Wie geht es dem Vater? Packt er es noch bis Weihnachten?«

Trimalchio gab auf: »Es geht ihm wieder besser. Am Sonntag geht er sogar schon wieder zum Schafkopfen.«

»Dann sagt ihm einen schönen Gruß.« Er stand auf, klopfte mit den Fingerknöcheln auf die Tischplatte und verschwand im Inneren des Bierzelts.

»Was denkst du jetzt?«, fragte Tanja.

»Wie es dem alten Bergmüller wohl geht.«

»Ich überlege gerade, wie wichtig uns der Oliver heute noch ist; ob wir ihm den Nachmittag bei seiner Freundin nicht einfach gönnen sollten.«

»Haben zwei Maß genügt, um dein gesamtes Pflichtbewusstsein wegzuspülen, Kollegin? Wer hat denn jetzt vorhin angerufen?«

»Das waren die drinnen. Ich habe jetzt auch keinen Bock auf Dienst. Erzähl mir lieber von dir daheim.«

»Weißt du, das ist eine lange Geschichte. Ich bin ein Lump, den Lump, den bringst du nicht aus mir heraus. Ich sage es nur zur Warnung.«

»Wieso zur Warnung?«

»Gleich ist 16 Uhr, da ist Dienstschluss, da kommt der Lump in mir wieder raus und dann bist du ganz allein mit ihm. Hast du dir schon mal Gedanken gemacht, wie wir von hier wieder wegkommen?«

»Was macht denn der Lump, wenn er allein mit mir ist?«

»Er lädt dich in die Bar ein. Komm mit, du schöne Festdame.«

Es war 16 Uhr, auf die Minute genau setzte die Blaskapelle eines Nachbarortes mit dem Landkreismarsch ein. Wie aus dem Nichts war das Bierzelt halb gefüllt mit Feierfröhlichen allen Alters. Es wurde auf den Bänken gestanden und mitgesungen, bis die Bedienung mit neuem Bier und gebratenen Vögeln kam. Sie tranken Gespritzte und fielen überhaupt nicht auf in der Bar. Es wurden immer mehr hier drin, wo die Regeln des zwischenmenschlichen Zusammenlebens lockerer gehandhabt wurden als anderswo oder zum Beispiel in Berlin im Club Berghain. Was hieß: Es ging noch nicht richtig zur Sache, aber es wurde viel durcheinandergeknutscht. Hier genoss es Trimalchio, einfach da zu sein. Eine kleine Gruppe einheimischer Trinker vertrieb sich die Zeit bis zum Filmriss mit einem Lied namens »Kaiserin Tschosephine«. Sie sangen: »Bei der Kaiserin Tschosephine, da haben wir Musik gemacht. Die einen spielten die Violine, die anderen kratzten sich am Sack.« Jede Zeile begleiteten sie gestisch. Der Vorsänger teilte mit, dass die Kaiserin krank sei – sie sollten leiser singen, die Kaiserin sei noch kränker – sie sollten flüstern. Schließlich wurde die Kaiserin wieder gesund, und die gesamte Mannschaft, die in der Bar versammelt war, brüllte zur Feier dasselbe Lied noch mal und schüttete Schnaps nach auf die glückliche Rettung der Kaiserin »durch eine Wunderspritze aus Amerika«. Tanja und Trimalchio gefiel das Treiben hier. Hier hatten sich insgesamt weit mehr Promille angesammelt als das Dorf Einwohner hatte, und ein Ende war nicht abzusehen. Musik aus der Konserve – Rock Classics von CD – setzte ein und übertönte die Stimmungskapelle, die im Sitz- und Verzehrbereich des Zelts die Menge auf die Bänke brachte. Es tönte der Auftaktriff von »Smogonsewooter« aus der Anlage. Ein voluminöser Mittfünfziger mit ungesund rotem Kopf stellte sich auf die einfach zusammengenagelte Theke und hob die Hände zu einem Sprung in die feiernde Gesellschaft. »Achtung!« Anders als bei einem Rockkonzert sprangen die vor ihm zur Seite und der Mann landete hart auf dem Boden, auf dem er regungslos liegen blieb. Man sang: »Afeirinseskei.« Bevor jemand helfen konnte, wurde der Thekenspringer von mehreren Seiten mit Schnaps bespritzt. Ein paar versuchten ihn mit den Füßen zum Zucken zu bringen. Plötzlich wie von einer Hornisse gestochen hüpfte er wieder auf die Beine und lallte schreiend: »Nix passiert!« Die Umstehenden rissen johlend die Hände in die Luft und ließen sich auf eine Runde einladen und die Geschichte vom AC/DC Open Air anno '96 in Stuttgart erzählen. »Drei Tage nur Regen, aber so geil, Alter, so geil.« Trimalchio holte weit aus und steckte seine Zunge tief in Tanjas Hals. Ein blonder Bär griff ihm von hinten an die Schulter, riss sein Geschmacksorgan schmerzhaft aus Tanjas Kehle und sagte ungestüm über die dröhnende Musik aus den Boxen: »Ich habe gehört, ihr seid von der Polizei.«

»Ja und? Was geht's dich an?«

»Wir wollen hier keine von der Polizei, die machen uns nur die Stimmung kaputt.«

»Ich bin privat hier. Siehst du das nicht, du Depp?«

»Das ist mir wurscht«, sagte der Große und haute Trimalchio fest ins Gesicht mit der Faust.

Trimalchio trat zurück, mit dem Fuß mitten ins Zentralmassiv seines Gegners. Auch wenn der sich krümmte, hätte Trimalchio gern weiter Gletscherabrieb betrieben, doch er sah sich einem unschlagbaren Haufen aus circa zehn Mann Landvolk gegenüber. Tanja und Trimalchio mussten sich durch die dicht stehenden Leiber quetschen, um nicht augenblicklich gelyncht zu werden. Doch das Erreichen des freien Bierzelts, wo sie zwischen den Bänken durchspringen konnten, verbesserte ihre Lage nicht: Im Takt von »Lustig ist das Zigeunerleben« flogen Bierkrüge nach ihnen. Keiner traf sie, einige streiften sie. Sie kamen ins Freie, über 100 waren hinter ihnen her. Sie schrien »Haut die Bullenschweine platt.« Im Zelt sangen sie: »Brauchen dem Kaiser kein Zins zu zahlen.« Der Weg zum Parkplatz wurde ihnen versperrt durch grölende Randalierer. Sie waren 100 heute und morgen war es keiner, da konnten die sich schwarz ermitteln. Mob ist Mob und Mob tötet in Bayern. Eine

Kugel aus dem Luftgewehr des Schießstandes riss Trimalchios Wange auf. Er stand da wie gelähmt. Tanja zog ihn mit auf die Straße, lieber überfahren als erschlagen werden. Ein alter Opel bremste neben ihnen. Sein uralter Fahrer stieß die Beifahrertür auf und bellte: »Steigen Sie ein!«

Tanja und Trimalchio warfen sich auf die Rückbank und das Auto raste mit 30 Sachen davon. Der Fahrer sagte »So. Jetzt sind Sie in Sicherheit« und ein Maßkrug zerschlug die Heckscheibe des Wagens. Sie fuhren ohne anzuhalten weiter, kamen irgendwann aus dem Dorf, der Opelaner beschleunigte auf 60 Stundenkilometer und brachte sie weg vom Ort des Schreckens.

Kaum waren Tanja und Trimalchio geflohen, beruhigten sich die Feiernden wieder, sie kehrten zum Bier zurück und waren fröhlich ohne Zwischenfall bis tief in die Nacht. Später entdeckten sie noch das Auto der beiden und nachdem es anfangs nur ein paar einzelne vollurinierten und mit Stuhl verschmierten, wurde es schließlich gründlich in seine Einzelteile zerlegt.

Tanja bat: »Können Sie uns am nächsten Bahnhof rauslassen?«

Ihr Retter drehte sich um und grinste ihnen zahnlos entgegen: »Bestimmt nicht. Ich bringe euch dorthin, wo ihr das kriegt, was ihr wirklich braucht.« Dann lachte er teuflisch.

ORGANISATION

Mit Mühe konnte er sich auf den Verkehr konzentrieren. Katharina hatte ihm ihr Auto schulterzuckend überlassen. Er konnte ihr nicht erklären, wo er hin wollte und er konnte auch das Gespräch nicht auf die ominösen Dateien auf ihrem Computer lenken, ohne dass sie Verdacht schöpfte. Sie starrte im Wesentlichen geradeaus und drehte nur leicht den Kopf beim Abschiedwinken. Er sagte, er wisse nicht, wann er zurück sei; sie fand es okay und fragte nicht, wo er die Nacht verbringen wolle. Jetzt auf der Straße ploppten die Bilder in seinem Kopf wieder auf und verwirrten ihn umso gewaltiger. Lugner wohnte in einem kleinen Dorf namens Oberschöneberg, sein Haus war schön versteckt in einer Seitenstraße, von außen sah man nur die Garage und den Hauseingang und konnte die Ausmaße des geräumigen Bungalows samt seines großen, uneinsehbar eingeheckten Gartens nicht einmal ahnen. Er parkte an der Straße, öffnete das Hoftor und schnurstrackste auf die Haustür zu. Wie einen Windhauch vor einem Gewitter spürte er es: Der große Köter, den er zuletzt den Collie hatte zerfetzen sehen, sprang direkt auf ihn zu – direkt auf seine Kehle. Der Film setzte ein, Kindergarten, Einschulung – und Jakob versuchte es doch, drehte sich und rannte, flog kopfüber über den Zaun. Der Hund knapp hinter ihm und doch noch nicht im Fleisch. Die Autotür hatte er nicht versperrt und der Tatsache verdankte er sein Leben. Der Hund packte ihn am Fuß und zog seinen Schuh weg. Es haute ihn zurück und diese kurze Zeitspanne konnte Jakob nutzen, seine Autotür zuzuziehen. Der Kopf des Tiers hing schon wieder im Wageninneren. Jakob gab noch einmal kurz nach und ließ dann die Tür mit aller Kraft gegen den fletschenden Schädel krachen. Der Hund wurde wütender, bellte angestrengt unter Luftmangel, Jakob gab nicht nach, er zog die Tür zu sich, als ginge es um mehr als nur dieses eine Leben.

Plötzlich wurde ihm die Autotür weggezogen, der Hund trat ebenfalls den Rückzug an. Jakob stieg aus und stand dem Mann, der ihn das letzte Mal zum Auto gebracht hatte, gegenüber. Der schrie mit rotem Kopf: »Wissen Sie, was so ein Hund kostet? So viel werden Sie Ihr verkrüppeltes Leben lang nicht verdienen. Nicht einen Funken Gespür haben manche. Solche wie Sie gehören vergast!«

Jakob haute ihm seinen Kopf gegen die Nase, dass er hintüber umfiel. Der Dobermann knurrte, hielt sich aber zurück.

»Ich habe einen Termin beim Lugner, und wenn Sie mich noch einmal so dumm anmachen, überfahre ich den Hund, das verspreche ich Ihnen.« Jakob wartete nicht, bis er ins Haus geführt wurde, er ging allein rein. Durch die Diele in eine Art von Esszimmer, auch das in reinstem Bauernbarock behängt mit Reh-, Hirsch- und Sautrophäen. Niemand da, um ihn zu empfangen.

»Wenn Sie versuchen, etwas mitzunehmen, rufe ich die Polizei.« Der Hundefreund stand hinter ihm, eine seiner Hände hielt ein Stofftaschentuch an seine Nase, die andere ein tragbares Telefon.

»Sag lieber dem Lugner, dass er sich schicken und seinen fetten Arsch hierher bewegen soll. Ich habe überhaupt keine Lust, eine Sekunde mehr als nötig hier zu verbringen.«

»Dann kommen Sie halt mit.« Er brachte Jakob ins Arbeitszimmer, das er von seinem vergangenen Besuch schon kannte. Lugner klebte mit seiner Nase an einem Computerbildschirm, er schaute nicht auf, als Jakob reinkam, winkte er ihn nur auf einen Platz zum Sitzen.

»Ich freue mich, Sie zu sehen. Da, kommen Sie rüber, ich habe eine neue Homepage für unseren Verein, gerade heute ist sie ans Netz. Jetzt kann jeder da draußen die Wahrheit lesen und sich entscheiden, ob er ihr folgen will oder nicht. Wenn am Schluss abgerechnet wird und die Verdammten in die Hölle fahren, können sie sich nicht herausreden, dass sie nichts gewusst haben.«

»Lugner, ich habe keine Zeit für den Quatsch, Sie haben mir versprochen, dass Sie etwas für mich herausfinden.«

Lugner schaute ihm direkt ins Gesicht: »Haben Sie mir nicht auch etwas versprochen?«

»Ich trete Ihrem Verein erst bei, wenn ich weiß, was aus Birne geworden ist.«

»Birne, Birne, Birne. Sie sind doch total fixiert. Lösen Sie sich doch ein bisschen. Im Übrigen meine ich gar nicht dieses Versprechen.«

»Was soll ich Ihnen noch versprochen haben?«

»Sie wollten sich doch um unseren Freund Clemens kümmern.«

»Der liegt im Krankenhaus, womöglich kommt er nie wieder auf die Beine.«

»Womöglich kommen Sie für diese Aktion ein paar Jahre hinter Gitter, obwohl Sie, wie ich zu meinem ehrlichen Bedauern erfahren musste, gar nichts damit zu tun haben: Clemens scheint einfach so blutverschmiert zusammengeklappt zu sein. Brutal.« Lugner schmatzte vor Vergnügen. »Obwohl Sie ja durchaus bewiesen haben, dass Sie zuhauen können. Das im Dom war nicht schlecht, das hat mich beeindruckt, Sie sind kein Weichei. Ja, das im Dom war relativ eindeutig: Wer nicht blind ist, muss zugeben, dass Sie durchaus in der Lage sind, Clemens ins Krankenhaus zu prügeln. Wenn man mich fragt, würde ich sagen: Ja, der war's. 100 Prozent. Schauen Sie mich an: Mein Gesicht spricht Bände – der war's.«

»Wie wollen Sie mich da reinziehen? In dem Fall habe ich sogar ein Alibi.« Jakob sprang vor, doch ehe er sich Lugner krallen konnte, war der Leibwächter in seinem Rücken und bog ihm seinem Arm hoch. Jakob schrie auf, er konnte sich spontan nicht befreien, sein Gegner hatte ihn im Griff, im Augenblick.

Lugner fuhr gelassen fort: »Für jemanden wie mich ist das kein Problem. Richter schmieren, Staatsanwalt schmieren, alle schmieren. Ich bringe Sie ins Gefängnis für einen Mord, selbst wenn es gar keine Leiche gibt. Juristische Fingerübungen, alter Scheißdreck.«

Jakob wurde still. »Was wollen Sie von mir?«

»Sehen Sie, wenn Sie mir die Frage heute Vormittag gestellt hätten, wäre die Antwort aus meinem Mund wie aus einer Pistole geschossen. Und jetzt am Nachmittag fällt mir auf einmal nichts mehr ein, solange ich auch darüber nachdenke, es ist weg. Wollte ich meinen Zipfel in Ihren Arsch stecken? Nein, dafür sind Sie mir zu alt. Obwohl, besser als nichts und billiger krieg ich es heute sicher nicht mehr. Lassen Sie Ihre Hose runter, beugen Sie sich über Ihren Stuhl und warten Sie das Weitere ab, mein lieber Jakob.«

Lugners Diener begann zu glucksen.

»Ich möchte jetzt gehen«, stammelte Jakob.

»Nein, bleiben Sie, war doch alles nur Spaß. Ich stehe auf Weiber, genau wie Sie. Ich wollte Sie nur testen. Ganz im Ernst: Das Spiel ist aus. Wir fangen wieder richtig an zu reden. Es geht wieder ans Geschäft. Lieber Jakob, ich schulde Ihnen eine Menge Erklärungen. Wenn ich ehrlich bin, haben wir die vergangenen Tage einige böse Juxe mit Ihnen veranstaltet. Und nun kläre ich Sie auf. Wir sind im

Wesentlichen Ihr Bruder und ich. Ja, Sie lachen. Birne ist von Anfang an dabei, er konnte sich nur nicht gleich zeigen. Wir brauchten seine Figur als Köder sozusagen. Ich weiß, dass Ihr Verhältnis nicht das beste ist, deswegen war uns klar, dass Sie sofort abbiegen würden, käme Birne leibhaftig auf Sie zu und sagte: Du, pass auf, Bruder, ich habe da eine todsichere Sache, gib mir all dein Kapital und all deine Zeit und wir drehen das Ding. Sie hätten ihm den Vogel gezeigt, und wir wären nie ins Geschäft miteinander gekommen. Also haben wir diese Verschwindibus-Geschichte inszeniert, Sie so richtig angeheizt mit einem echten Krimi-Erlebnis und, ich gebe es offen zu, auch mit Katharina – Sie fanden sie heiß, erzählen Sie mir nichts. Und jetzt stehen Sie hier und müssen doch sagen: Schlecht war die Show nicht bis jetzt. Oder?«

»Was soll der ganze Käse?«

»Nun, es geht darum, dass Personen, die offiziell als verschollen gelten, eine Menge Dinge mehr anstellen können als welche, die offen auf der Erdoberfläche herumspazieren und für jeden Pferdeapfel, den sie von der Straße aufheben, ein Alibi brauchen. Sehen Sie sich offiziell als verschwunden an. Wer hat eine Ahnung, wo Sie sich im Moment aufhalten? Katharina?«

»Die sucht sicher schon.«

»Ich werde jemanden schicken, der sich darum kümmert.«

»Nein, sie hat keine Ahnung.«

Lugner lachte auf. »Natürlich. Ich bin schon ganz müde vom vielen Reden. Den Rest kann Ihnen ja nun wahrlich der Birne erklären. Kommen Sie.«

Die drei gingen aus dem Raum, Lugner bat ihn in den Keller, Jakob beging den Fehler, sich den Vortritt geben zu lassen. Er bekam einen Fuß in den Hintern und flog die Kellertreppe nach unten. Die Tür hinter ihm wurde abgesperrt. Unten angekommen, hatte er nur wenige Augenblicke, um beruhigt festzustellen, dass er sich keine Brüche, sondern nur ein paar Schürfwunden zugezogen hatte. Da hörte er das Knurren im Dunkeln.

WALLFAHRTSKIRCHE

Die Wallfahrtskirche von Maria Vesperbild liegt etwas erhöht, Pilgerströme flossen zu ihr hinauf. Die Wege waren voll gestellt mit Autos und Motorrädern. In die Reihe stellte sich auch der Opel, der die schwer zugedröhnten Tanja und Trimalchio ausspuckte.

»So, da wären wir«, sagte der Fahrer und stieg auch aus. »Das ist doch schön. Wenn Sie die Marienandacht noch durchhalten, dann bringe ich Sie nach Augsburg.«

Tanja hatte den Widerstand aufgegeben. »Dürfen wir auch im Auto schlafen?«

»Nein, auf keinen Fall. Heute ist doch Fahrzeugsegnung. Deswegen bin ich doch auch hierher gefahren. Wie sieht dann das aus, wenn dann ausgerechnet in meinem Auto zwei Besoffene schlafen?«

»Ich dachte ja nur, weil die Scheibe kaputt ist, ich passe auf, dass niemand was stiehlt.«

»Keine Sorge«, sagte der Wallfahrer. »Hier in Vesperbild gibt es nur frommes Volk, da würde keiner was klauen. Aber jetzt müssen wir uns schicken, nicht dass die Kirche schon voll ist.«

Sie hatten Pech, sie waren zu langsam, kein Platz im Gotteshaus, sie mussten sich auf das Feld daneben begeben, wo der Gottesdienst auf eine Videowand übertragen wurde. Sie befanden sich unter Tausenden Gläubigen und sahen auf Leinwand, wie in einer märchenhaften Barockkirche ein Gottesdienst zelebriert wurde, während draußen die Sonne langsam unterging und alles in ein goldenes Licht tauchte. Es sang ein Chor, und es war immerhin besser als tot zu sein, erschlagen und aufgeschlitzt von Tausenden von Bierkrügen.

Ein knapp 60-jähriger Pfarrer begann zu predigen. Er sprach leidenschaftlich, Tanja meinte, Tränen auf seinen Wangen zu sehen. Er redete über die Mutter Gottes, den einzig wahren Freund, den der Heiland je gehabt habe, die zu ihm gestanden habe von der Geburt über die Flucht nach Ägypten bis hin zu seinem schrecklichen Tod am Kreuz. »Denken Sie an den besten Freund, den Sie je hatten. Fragen Sie sich ehrlich: Wäre dieser Kamerad durch all dies gegangen für mich? Durch Flucht, Krieg, Krankheit, Spott und Tod?« Die Schmerzen einer Geburt seien nicht zu vergleichen mit allen anderen Wehen, die ein Mensch im Laufe seines Lebens zu erdulden habe, »aber sie werden ausgeglichen mit dem Geschenk des Lebens, das die Mutter in ihre Hände gelegt bekommt. Was aber, wenn die Mutter in dem Moment schon weiß, dass sie kaum 33 Jahre später in genau dieser Pose wieder dasitzt und wieder ihr Kind in Händen hält, nur ist es diesmal tot und mit ihm nicht nur ihr Sohn, sondern die Hoffnung der ganzen Welt gestorben?«

Tanja weinte jetzt auch, sie war tief ergriffen von den Worten dieses Pfarrers, der jetzt anhob zu wettern über die ökumenischen Pfarrer, die die Eucharistie feierten, als ginge es dabei tatsächlich nur um ein Stück Brot, das man auszuteilen habe. »In der Eucharistie, liebe Mitchristen, feiern wir die Verbindung Gottes zu uns Menschen, besiegelt durch die Person Mariae, deren Heiligkeit sowie die der anderen, die im Kampf für Gott ihr Leben ließen, manche, die sich ebenfalls Christen nennen, sich weigern anzuerkennen. Diese gehören nicht an unsern Tisch. Amen.«

Ein zustimmendes Raunen wogte durch die Menge. »Wo sind wir hier gelandet?«, fragte Tanja Trimalchio.

»Das ist Maria Vesperbild, so etwas kannst du hier jeden Sonntag erleben, wenn es auch im Mai besonders intensiv ist«, erklärte Trimalchio.

»Ich finde es toll.«

»Im Ernst?«

»Lass uns nachher noch in die Kirche gehen, ich will das von innen sehen, wenn keine Leute mehr drin sind.«

»Wie sollen wir unseren Fahrer dann wiedertreffen?«

»Da ist noch Fahrzeugsegnung, da haben wir genügend Zeit, zurück zum Auto zu kommen.«

In einer feierlichen Prozession verließ die Geistlichkeit mit vielen Ministranten und dem Chor die Kirche, sie gingen zum Parkplatz, um die Fahrzeuge dort zu segnen. Nach der allgemeinen Segnung gingen mit dem Prälaten noch sieben Priester durch die Reihen mit den zahlreichen Fahrzeugen und segneten sie alle mit Weihwasser und den Worten »Maria segne dieses Fahrzeug und seine Insassen.« Eine Musikkapelle lieferte den Klangrahmen. Das Volk folgte und bekreuzigte sich, Tanja und Trimalchio betraten die verlassene Kirche. Tanja drehte sich einmal um sich selbst und jauchzte. Sie nahm Trimalchio bei der Hand und führte ihn vor bis zum Altar, wo sie stumm standen und nach oben zur Mutter Maria blickten.

»Du, ich höre was«, sagte Tanja. »Ist das am Ende eine Taube, die da oben den Weg nach draußen nicht mehr findet?« Sie deutete zur Empore.

»Es klingt auf jeden Fall so.«

Hurtig und doch behutsam, um das Tier nicht zu erschrecken liefen sie nach oben. Hinter einer Bank bewegte sich etwas, vorsichtig näherten sie sich, Tanja ließ Trimalchios Hand nicht aus. Sie beugten sich nach vorne und blickten direkt in das Gesicht einer Blondine, deren Freund im selben Moment gerade über ihr lag und in sie ejakulierte. »Jessas!«, stieß sie lustvoll hervor.

Hinter Tanjas und Trimalchios Rücken kreischte jemand: »Herr Gott im Himmel!« Trotz des Entsetzens gelang es der gesetzten Dame, die das sehen musste, noch ein Beweisbild mit ihrer Handykamera zu schießen und dann nach draußen zu flüchten unter lautem Gewimmer.

Die Liebenden rafften ihre Sachen zusammen und kleideten sich vor den nicht minder überrumpelten Polizisten an. Der Mann bedeckte die Blöße seiner Frau, indem er den beiden seinen nackten Hintern hinstreckte. Sie hatten sich noch nicht geordnet, da füllte sich die Kirche mit schreienden und sich bekreuzigenden Menschen. »Die waren es!«, wurde geblökt und man zeigte dabei auf das andere Paar, das nicht Tanja und Trimalchio waren. Die Geächteten stiegen unter »Pfui Teufel!«-Rufen nach unten, sie wurden gestoßen und getreten. Vor der Kirche warteten drei Polizeiautos mit Besatzung auf sie. Unsanft wurden sie auf den Rücksitz befördert.

»Du hattest recht. Die Kollegen werden uns nach Hause bringen«, freute sich Trimalchio.

Jemand tippte an seine Schulter. Trimalchio drehte sich um und schaute einem ernsten alten Mann ins Gesicht. Am Kragen von seinem schwarzen Jackett hing ein silberner Kreuzanstecker. »Sind Sie diejenigen, die das sündige Paar entdeckt haben?«

»Indirekt ja.«

»Folgen Sie mir bitte ins Klosterstüberl.«

Mechanisch trabten sie dem Alten nach. Unterwegs erklärte er ihnen: »Der Herr Prälat will mit Ihnen reden.«

Sie kamen in die Gastwirtschaft, aus einem Nebenraum

stank es nach Zigarrenrauch. Es saßen dort der Prediger und zwei weitere Würdenträger bei Presssack und Weißwein. Sie schauten erwartungsvoll auf die Ankommenden. Der Prälat lud freundlich ein: »Nehmen Sie Platz!«

Vorsichtig kamen sie der Aufforderung nach. »Mir ist zu Ohren gekommen, was Sie mitmachen mussten. Unerhört. Manchmal geschehen Dinge zwischen Himmel und Erde, die selbst ich nicht erklären kann. Manchmal spüren wir, wie der Teufel direkt durch unsere Räume zieht und die Anwesenden zerstört. Traurig, traurig. Aber es gibt immer einen Weg zurück zu Gott, das dürfen wir nicht vergessen, auch für die beiden, auch für diese. Sie brauchen Kraft. Bedienen Sie sich.« Zwei weitere Teller wurden aufgetragen, sie aßen Presssack und tranken von dem hervorragenden Wein. Der Prälat feuerte sie an: »Langen Sie zu, Sie sind meine Gäste.«

Bei einer Zigarre hinterher fragte der Hohe Geistliche sie noch aus. Tanja gestand, dass sie geweint habe, bei der Predigt. Der Prälat und die anderen segneten sie.

»Ich spreche zu den Herzen und nicht zu den Hirnen, so öffnen sich die Menschen. Ich erlebe das oft, dass Zweifler sich hier einfinden und nach dem Gottesdienst überzeugt nach Hause fahren.«

Tanja stimmte verklärt zu. »Oh ja.«

»Sie sind miteinander verheiratet?«

Trimalchio erklärte: »Nein. Wir sind Kollegen.«

»Aha, verstehe.«

Gefragt, gab Trimalchio zu, dass sie Polizisten seien. Da wurde der Prälat plötzlich ganz still. »Ich hätte Ihnen angeboten, Sie nach Hause zu fahren, aber besoffen einen Polizisten zu kutschieren, ist ja wie den Teufel zum Grillen einzuladen.«

Beide beteuerten, nicht im Dienst zu sein, sich extra freigenommen zu haben, um den Prälat in Vesperbild zu erleben, allein es half nichts: Nachts um zehn befanden sich Tanja und Trimalchio auf der Bundesstraße 300, zu Fuß und ungefähr 30 Kilometer von Augsburg entfernt. Sie schimpfte: »Sag super, Hochwürden, und halt einfach das Maul nächstes Mal.«

»Das Vernünftigste, was zwei Erwachsene machen können, wenn sie sich in einer Früh-Sommernacht 30 Kilometer von ihrem Ziel entfernt finden, ist sich ins Kornfeld zu legen und ein wenig Liebe zu machen.«

Sie schubste ihn von der Straße. »Mach's dir doch selber, du Depp.«

Gleich hätte er auch einen Grund gehabt, über sie herzuziehen, denn just als sie sich abseits befanden, rauschte ein Auto vorbei, und es war immerhin der 13., den sie versucht hätten herauszuwinken. Er hätte halten können – und er hielt auch, fuhr sogar zurück, damit die beiden nicht zu weit zu gehen hatten. Der Fahrer war ein Bekannter. Jetzt war beinahe alles gut.

»Jetzt bin ich froh, dich zu treffen«, gab Tanja zu.

»Wie war euer Tag?«, fragte er sie, nachdem sie sich begrüßt hatten.

»Es ist viel passiert«, antwortete Trimalchio, »auch wenn wir nicht alles erreicht haben, was wir wollten. Und bei dir? Du hast wieder nach Birne gesucht? Sag mal, du blutest ja am Arm.«

»Das ist nur eine Kleinigkeit«, winkte Jakob ab.

»Warst du…? Warst du vielleicht in Oberschöneberg?«

»Scheiße«, schrie Tanja von hinten. »Ich hör gerade auf der Mailbox, dass sie den Franzbein von der Theaterkantine tot aufgefunden haben.«

»Scheiße!«, schrien die Männer und das Auto tat einen kleinen Schlenker auf der Straße nach Augsburg.

VORMITTAGSWÜHLEN

Die Nacht war unruhig. Jakob wachte des öfteren auf und benötigte jedes Mal lange, bis er wieder weg war. Gegen Morgen fuhr er seinen Computer hoch und las sich auf der Internetseite die Zeitung des grauenden Tages durch – seine Artikel. Die Eilmeldung auf dem Titel betraf den Mord an dem Kantinenchef. Er sei nicht weit vom Theater in einem Gebüsch gelegen, unappetitlich hergerichtet. Eine Stellungnahme der Polizei gebe es noch nicht. Um halb sechs wechselte Jakob den Verband an seinem Arm, machte sich einen Kaffee, ging joggen und duschte. Es war sieben. Das Geld war immer noch nicht auf dem Konto, er kaufte Semmeln und Brezen und besuchte Katharina. Er betrat leise die Wohnung und fand erneut niemanden vor. Die Wohnung war verlassen, das Schlafzimmer leer – sie hatte die Nacht nicht hier verbracht. Auf dem Küchentisch standen zwei leere Weizenflaschen, in der Spüle ein benutztes Glas. Er schmierte sich eine Butterbreze und fuhr Katharinas Rechner hoch. Auf dem Desktop fand er einen neuen Ordner »Überraschung« und das heutige Datum. Wieder Fotos mit Katharina, wie sie auf dem Sofa schlief, wie sie in der Küche stand und kochte. Und dann eines mit ihm, Jakob: Er stand auf dem Gang und hielt die Klinke des Badezimmers in der Hand, das nächste und letzte zeigte ihn an diesem Computer sitzend mit dem Rücken zum Fotografen. Er drehte sich langsam um und ging in die Ecke des Zimmers, aus der das Foto aufgenommen worden sein musste. Da stand eine Regalwand mit Büchern, hauptsächlich Romane, die in den vergangenen Jahren in den Bestseller-Listen zu finden waren. Jakob räumte das Regal leer. Hinter den Büchern war nichts, auch kein Loch in der Regalrückwand. Er verschob den Bilderordner wieder auf seinen Stick und fuhr den Computer runter. Im Gang fand er nirgends – nicht im Telefonschränkchen, nicht hinter dem Kalender und auch nicht am Türöffner – irgendetwas, womit man fotografieren konnte. Das Schlafzimmer durchwühlte er gründlich, wendete jede einzelne Unterhose Katharinas in seiner Hand, roch dran, öffnete die Abdeckung des kleinen Fernsehers und bekam sie um ein Haar nicht mehr drauf, doch auch hier keine Kameras. Er kroch über den Boden unter dem Bett, leuchtete mit dem Display seines Handys auch an die dunklen Stellen. Er ging zurück ins Wohnzimmer und es war ihm plötzlich klar. Das Vieh starrte ihn wieder völlig unbewegt an. Er hob den Deckel des Terrariums und die Bartagame begann schrecklich zu fauchen und ihren Kragen zu stellen, in ihren Augen brannte Feuer, das drohte, Jakob bei der nächsten Bewegung zu verbrennen. Jakob hatte keine Angst vor dem kleinen Tier. Falls es ihm in die Wunde spuckte, könnte sie sich entzünden und Jakob am Fieber verrecken. Jakob griff in das Terrarium, da war was hinter einem Stein, unter einem Blatt. Die Bartagame würde ihren Wohnraum verteidigen. Sie fauchte und setzte an zum Sprung.

In die Wohnungstür wurde ein Schlüssel von außen gesteckt. Jakob sprang auf und trat auf den Gang. Der Schlüssel wurde wieder zurückgezogen, vor der Tür entfernten sich eilige Schritte. Ohne in die Schuhe zu schlüpfen, die er vor dem Schlafzimmer ausgezogen hatte, hastete Jakob in den Hausgang, wo er hören konnte, wie unten die Haustür ins Schloss fiel. Er rannte runter und auf die Straße und trat in den erwachenden Pferseer Morgen. Menschen an der Straßenbahnhaltestelle, Menschen, die vom Bäcker kamen, Menschen, die reingingen. Keiner blickte begeistert in den zu durchstehenden Tag, keiner hetzte, keiner lachte. Jakob inspizierte die Szenerie vier Mal von rechts nach links, von oben nach unten: Es gab nichts Verdächtiges, nichts was sich zu verfolgen lohnte. Hinter ihm kam eine Frau zur Tür heraus und grüßte ihn mit einem knappen »Morgen«. Sie nahm das Fehlen der Schuhe an seinen Füßen abschätzig zur Kenntnis. Jakob trottete wieder hoch. Er wählte Katharinas Nummer, hinter ihm auf dem Wohnzimmerschrank, den er nicht durchsucht hatte, ertönte ›Love is in the air‹ und ein Handy vibrierte. Er nahm es und drückte auf ›Anruf nicht annehmen‹. Außer dem entgangenen Anruf war noch eine Kurzmitteilung eingetroffen. Jakob gestattete es sich, sie zu öffnen. »Servus katharina heute abend zeig ich dir bilder auf meinem laptop die dich heiß werden lassen dein jakob« Die angezeigte Nummer war nicht seine. Jakob löschte die SMS und legte das Handy zurück auf seinen Platz. An seinem rechten Unterarm quoll durch den Verband hindurch Blut und Eiter. Es schmerzte. Er machte sich auf die Suche nach einem Arzt, der um die Zeit einen Patienten zwischenrein schieben konnte.

GERICHTSMEDIZIN

»Ein bisschen Zeit müssen Sie mir schon lassen. Ich komme auch erst rein. Wenn es schneller gehen soll, dann müsst ihr uns halt ein paar Leute mehr zahlen, anstatt uns zu schließen«, maulte der Gerichtsmediziner Trimalchio an. »Ich weiß, dass Sie nichts dafür können. Nix für ungut. Ein Institut nach dem anderen sperren sie zu. Wir sind die ersten, an denen gespart wird. Aber erzähl mal jemandem in der Kneipe, dass du für den Staatsanwalt die Leichen aufschneidest, dann meinen die, du bist der Held. Die schauen zu viel in den Fernseher. Ich selber mache die Kiste schon gar nicht mehr auf, wenn so eine Gerichtsmedizinerserie läuft, da wird mir schlecht, wenn ich das anschauen muss. Jetzt, was kann ich für Sie tun? Sie kommen wegen dem Koch, richtig?«

»Der Kantinenchef, genau.«

»Mei, was wollen Sie da wissen?«, der Arzt nippte an seinem Kaffee im Brotzeitraum, auf dem Tisch lagen blutige Einweghandschuhe. »Der ist schon gestern reingekommen. So etwas habe ich auch selten, man könnte fast meinen, den hat einer nicht leiden können. Wollen Sie mal einen Blick drauf werfen?« Er streifte sich neue Einweghandschuhe über. »Da schauen Sie. Sogar an den Handschuhen sollen wir sparen. Ich habe einen Bub, der studiert an der Universität. Neulich haben sie Prüfungen schreiben müssen, da hat er sich das Papier, auf das er schreiben wollte, selber mitnehmen müssen. Jetzt zahl ich schon Studiengebühren und dann sollen sie Papier mitbringen. Ein Skandal. Nicht mehr lange und dann haut es dieses Land zusammen: Geld hin, Arbeit hin,

Leute kaputt. Ich habe ihm befohlen, die Lösungen mit Bleistift schon hinzuschreiben, bevor er aus dem Haus ist. Sonst lachen die einen doch aus. Ich selbst mache das hier noch drei Jahre, dann habt ihr mich gesehen, dann gehe ich in Rente. Es gibt nur noch Blöde mittlerweile. Seit sie wegen jedem Scheißdreck eine DNA-Probe und PCR und den Quatsch haben wollen, ist mir das eh zu blöd. Die Maschine soll die Assistentin bedienen. Wenn Sie mich fragen, kommt da eh nichts raus. Schaut, jetzt ziehe ich einen Gummihandschuh an, dann klebt da überall meine DNA dran. Ich sehe es kommen, in vier Jahren sitze ich an meinem Baggerweiher, hänge gerade gemütlich meine Rute rein, dann kommt ihr mit einem Einsatzkommando und nehmt mich fest für tausend Morde, die ich begangen haben soll. Bis ich da wieder raus bin, leck mich.«

Sie standen im Kühlraum, der Mediziner zog eine Schublade mit Leiche heraus, am Zehen hing ein Schild mit Nummer, über dem Rest lag ein Tuch. Dort wo der Kopf sein musste, wölbte sich das Tuch eigenartig nach unten. Mit den Worten »Sagen Sie mal, Sie haben ja eine Fahne, dass es kracht. Bis zu mir rüber. War gut das Fest, ha?«, wurde Trimalchio an ihren gestrigen Ausflug erinnert.

»Man tut, was man kann«, erwiderte er und versuchte zu lächeln.

»Ich sag's Ihnen. Manchmal komme ich zu Uhrzeiten hier raus… Wenn ich mir da noch einen kippen will, muss ich in Läden teilweise, da vergeht Ihnen Ihr Alkoholismus. Ich schreibe Ihnen nachher mal ein paar Adressen auf.«

»Danke. Ich denke, ich weiß, wo ich mein Bier bekomme.«

»Achtung.« Der Arzt legte die Leiche frei. Franzbein lag nackt vor ihnen. Von den Füßen bis zur Brust nichts

Ungewöhnliches. Trimalchio konnte in aller Laienhaftigkeit schließen, dass er sein Essen gern gemocht hatte und dass sein Pimmel erstaunlich klein an dem herkulesischen Körper hing. Am Unterschenkel ein paar schlecht verheilte Narben. Könnte er sich mal beim Übersteigen eines Stacheldrahtzauns aufgerissen haben. Am Brustraum hatte er einige Löcher. Was vom Kopf übrig war, lag an seinem eigentlichen Platz, war aber kaum der Rede wert. Beim unwillkürlichen Aufstoßen schmeckte Trimalchio den Wodka-Orange vom Schützenfest nach und bisschen auch den Jack-Cola, den er Tanja in dem kurzen Glücksmoment, der ihnen gestern gegeben war, von der Zunge geleckt hatte.

Er fasste sich schnell: »Das Graue da, das ist Hirn. Oder?«

»Genau. Ich habe es ein bisschen zusammengeschoben, in dem Rest hat nicht genügend Intelligenz Platz, um sich nach dem Pinkeln allein die Hose hochzuziehen. Kann sein, dass die Jungs noch was aus dem Gebüsch fischen. Hier haben wir Schädelsplitter, die Mühe, die noch irgendwohin zu schieben, mache ich mir gar nicht. Das Weiße da, wo die Adern dranhängen ist ein Teil von der Lederhaut vom rechten Auge. Da hätte ich gedacht, dass es die komplett verreißt. Manchmal hat man auch Glück.«

»Hochinteressant.«

»Die haben ihm einen Sprengstoff in den Mund gesteckt, ich nehme an, es handelt sich um TATP, genau kann ich es noch nicht sagen, das Zeug ist schwer nachzuweisen, da es bei der Explosion in fast ausschließlich natürlich vorkommende Verbindungen aufgeht. Den Schädel hat es ihm sauber um die Schultern geblasen, den Hals hat es ihm gestaucht.« Er zückte eine Präpariernadel. »Sehen Sie, die Wirbel sind oben aufgesprengt. Hier im Hals, das sind Gewebeteile, die hier nicht reingehören. Das Graue ist wieder Hirn und hier im Kehlkopfdeckel steckt ein Teil vom Schneidezahn. Sieht lustig aus, nicht? Die Verletzungen an der Brust, kommen von innen. Da sind vom Druck Wirbel gebrochen und haben den Brustkorb von innen aufgeschlitzt. Ich nehme an, er hat einen Teil von dem Material geschluckt, allerdings unbewusst. Wahrscheinlich wurde der gute Mann mechanisch betäubt, bevor man ihm die Ladung verpasst hat. Der wusste normalerweise, was er zu sich nimmt; wenn ich mir den Bauch anschaue, hat er gern geschluckt. Na ja, ist jedem seine eigene Sache. Fressen, saufen, verrecken. Das ist ein erfülltes Leben, leck mich. Gehen wir wieder raus. Wir haben beide nichts davon, wenn Sie mir hier reinreihern. Immer dasselbe. Ich verstehe nicht, wie man sich so volllaufen lassen kann, wenn man weiß, dass man einen Termin hier unten hat. Wir sind doch nicht der Botanische Garten. Das dürfte sich doch inzwischen rumgesprochen haben.«

Trimalchio nickte unterwürfig. Im Brotzeitraum nippte der Pathologe an seinem Kaffee und streifte sich anschließend die Handschuhe ab. Sie landeten auf dem Lokalteil der Zeitung. »Da. Die schreiben einen Scheiß zusammen: Opfer eines Raubüberfalls. Brutal erschlagen. Meinetwegen. Und dann diese kleinen Artikelchen, die sie neuerdings bringen. Da musst du dauernd mit den Augen hupfen beim Lesen, als ob wir alle Analphabeten wären. Ich bestelle mir die bald ab. Dann bringe ich Romane in die Mittagspause mit. Kann ich noch was für Sie tun? Sie sehen schlecht aus. Der Kater schlägt zu. Ich hole Ihnen eine Cola aus dem Automaten.«

»Nicht nötig. Ich gehe an die frische Luft. Das wird helfen.«

Tanja erwartete ihn. »War es schlimm?«

»Krass. Drehen wir unsere Runde.«

»Wo fangen wir an?«

»Ich schlage die Kantine vor. Von dort arbeiten wir uns das Theaterhaus nach oben bis zum Intendanten. Ich freue mich schon auf den Beziehungssalat, den wir durchzuarbeiten haben.«

NACHGESPRÄCH

Der Arzt war richtig ungehalten, weil Jakob die Tollwut-Impfung ablehnte. Er wollte ihn zuerst nicht aus der Praxis lassen in dem Zustand. Jakob beteuerte, dass er Opfer eines Kampfhundes sei und das Tier kontrolliert gehalten werde. Der Arzt riet ihm, zur Polizei zu gehen. Jakob beruhigte ihn, das sei schon längst geschehen.

»Das gefällt mir gar nicht, das gefällt mir gar nicht. Wieso sind Sie nicht in die Notaufnahme?«

»Das sah abends noch gar nicht so wild aus«, beteuerte Jakob.

»Tetanus haben Sie?«

»Ich denke schon. Das hat doch jeder.«

»Ich haue Ihnen eine rein. Sicher ist sicher.« Er eilte zum Kühlschrank in seinem Behandlungszimmer. »Das Schlimme sind nicht die Hunde, das Schlimme sind die Besitzer, die haben alle einen Komplex. Ich ließe die alle einen Hundehalterschein machen und anständig dafür blechen. Das Tier gehört aber nicht Ihnen?«

»Nein, nicht einmal einem guten Bekannten.«

»Anzeige. Worauf warten Sie?«

»Ich bin schon unterwegs.«

Jakob ging auf dem Nachhauseweg am Theater vorbei. Die zehn Euro Praxisgebühr hatten seinen Reichtum wieder erheblich geschmälert. Das Theater war in der vergangenen Woche immer wieder für eine Geschichte gut gewesen. Jetzt fehlte ihm sein wichtigster Kontaktmann im Haus. Von Moni besaß er keine Nummer. Nach zwei Minuten Lungern setzte er seinen Heimweg fort.

Beim Tee wollte er als erstes seinen Kontostand überprüfen und feststellen, wie dringend eine gute Idee war. Es klingelte. An der Tür stand der kleine Nazi Oliver. Er grinste blöde. »Darf ich rein?«

»Ungern.«

»Ich mache nichts kaputt, ich suche Hilfe.«

Jakob drehte sich zur Seite, der Junge ging in die Küche.

»Tee?«

»Ich weiß nicht, wie lange ich bleibe.« Er setzte sich, Jakob schenkte ihm ein.

»Woher weißt du, wo ich wohne?«

»Ich bin dir vom Theater hierher gefolgt.«

»Woher wusstest du, dass ich am Theater vorbei komme?«

»Das war vielleicht Zufall.«

»Was hast du im Theater getrieben?«

»Ich bekomme demnächst eine Rolle in einem Stück.«

Die Antwort brachte Jakob zum Lachen, Oliver reagierte sauer: »Alle lachen sie, wenn ich ihnen das erzähle. Wieso soll ich keine Rolle in einem Theater spielen dürfen? Weil ich nicht studiert habe? Weil ich nicht sprechen kann wie ein echter Schauspieler? Ich sag dir, Alter, ich habe Potenzial. Und das sage nicht nur ich, das sagen der Albert und die Moni auch.«

Jakob wurde wieder ernst: »Reg dich nicht auf.«

»Bist du neidisch? Du bist neidisch.« Er hob die Tasse mit dem heißen Tee. Jakob konnte verhindern, dass sie auf ihn flog, indem er sagte: »Was ist das denn für ein Stück?«

»Es geht um Aussteiger aus der rechten Szene.«

»Darf ich dich interviewen?« Jakob nahm sein Diktiergerät vom Fenstersims. »Ich habe ein paar Fragen zu dem Projekt.«

»Ich will erst ein paar Dinge wissen.«

»Bitte«, lud Jakob ihn ein.

»Was wollten die Bullen von mir? Warum suchen die mich?«

Jakob biss sich auf seine Lippe. »Weißt du, wer Heinz Horst ist?«

»Der Spinner, den sie zusammengetreten haben?«

»Zusammengetreten ist gut gesagt – der Mann ist tot.«

»Dann haben sie ihm wahrscheinlich die Endabreibung verpasst.«

»Hast du eine Ahnung, wer das war?«

»Ich habe eine Vermutung, aber ich weiß nichts.«

»Genau die wollen die Bullen von dir hören.«

»Wieso ausgerechnet von mir? Wie kommen die auf mich?«

»Du kommst doch aus der Szene, du kennst dich aus.«

»Hat es was mit meinem Vater zu tun?«

»Sicher auch«, bemühte sich Jakob schnell zu sagen.

»Kacke. Ich will nicht in die Zange genommen werden. Ich will nicht der sein, der seine Kameraden verpfeift. Kann ich ein paar Tage bei dir untertauchen? Solange bis die jemanden gefunden haben, auf dem sie rumtreten können. Ich habe keinen Bock mehr auf Bullen.«

Jakob wich den Augen Olivers aus. Der versuchte nachzuschieben: »Ich will keinen Ärger machen, glaub mir, ich will da rauskommen. Deswegen spiele ich doch auch in dem Stück mit. Du kannst mir echt helfen. Du kannst einmal in deinem Leben echt was Gutes tun. Bitte.«

»Warum fragst du nicht Albert Neun?«, probierte es Jakob zögerlich. »Oder bei Max Lugner? Der hat ein Haus mit vielen Zimmern und einen Hund, der auf dich aufpassen kann.«

Jetzt hatte Oliver das Problem mit dem Blickkontakt, er hauchte, so dass man es kaum verstehen konnte: »Will da nicht hin. Bitte.«

Und Jakob: »Verstehe.«

»Ich habe kurz gedacht, das ist eine Chance, daran gewöhne ich mich. Irgendwann ist es mir egal, irgendwann sehe ich, wofür ich das mache. Bei mir geht das nicht, ich spüre es immer stärker und ich breche immer mehr.« Er weinte und wollte nicht, dass Jakob das mitbekam. Er ging aufs Klo, schneuzte in Klopapier. Zurück mit roten Augen brach es aus ihm heraus: »Ich war immer der Dumme, der, der nichts auf die Reihe bringt, der die Schule schmeißt, das Problem, bei dem die Lehrer nicht weiter wussten. Wurden Maßnahmen eingeleitet, war ich immer der Betroffene. Ich wollte nicht dabei sein, ich wollte auch nicht der Anführer sein, auch wenn die anderen mich toll fanden. Denen ging es auch nicht besser. Wenn wir in die Straßenbahn steigen, dann lässt uns keiner von den normalen Leuten auch nur eine Sekunde aus den Augen. Die haben Angst, die denken: Verschont mich, nehmt meinen Nachbarn. Und wenn dir diese Leute immer so begegnen mit einem ständigen Misstrauen, dann fängst du irgendwann an, dieses Leben zu leben. Dann sollen sie dich zurecht fürchten, diese Wichser. Ihr wollt mir keine Chance geben, also will ich auch keine mehr von euch.«

»Wie kamst du überhaupt ins Theater? Diese erste Rolle?«

»Die haben halt gefragt bei uns in der Schule, ich war gerade bei einem weiteren Anlauf, meinen Abschluss zu machen. Diesmal wollte ich es ernsthaft packen, raus aus der Schule und meine Ruhe haben. Obwohl ich wusste, dass dieser Abschluss nichts wert ist, dass ich dann erst mal 100

Bewerbungen schreiben muss, und dann 100 Absagen kassieren muss, um dann 100 mal die Message zu lesen: Du bist es uns nicht wert, du kannst nichts, du bist ein Problem, alle anderen sind besser, und auch an 98 von denen schreiben wir noch mal eine Absage. Dann kam die Maus rein in unser Klassenzimmer. Klar gab es erst mal ein Gegröle, aber ich schwöre, ich war es nicht, der erst mal vorschrie: Zieh dich aus, wenn du was willst – ich bekam den Verweis dafür. War klar.«

»Moni?«

»Irgendwie tat sie mir sogar leid, so allein vor uns Wilden. Ja, sie tat mir leid, deswegen hab ich mich auch als erster gemeldet und gesagt: Ich mach mit bei der Sache. Dann war Ruhe im Laden. Ich meine, das hat die anderen total beeindruckt, dass ich da mitmach, dann haben sie sich angeschaut und erst gar nichts gesagt und dann haben sich alle gemeldet, die waren ganz heiß auf einmal auf Theater. Ich wusste ja auch nicht, was das soll, das Zeug. Und wie ich denen in der Pause dann klargemacht habe, dass das keine Verarsche war, um an die Kleine ranzukommen, dass ich das ernsthaft mitmachen will, dann sind gleich wieder zehn oder so abgesprungen. Hart war dann noch, dass der Klopfer, unser Lehrer, zu mir hin ist und gemeint hat, ich soll das sein lassen, die können mit solchen wie mir nichts anfangen. Da wusst ich, dass ich da hin muss. Ich habe politisch schon einiges gerissen, das war gut mit den Kumpels, wir haben eine Hütte im Wald gebaut, wir haben an Mopeds gebastelt, das war alles geil, aber das mit dem Theater, das war noch mal was anderes. Ich hab gemerkt, dass ich da was mache, was nicht jeder kann und dass ich da was mache, wo nicht dauernd einer kommt und einen hat, der das besser kann als ich. Jeder, der da dabei war, hat sein Ding durchgezogen und es war in dem Moment das Richtige, verstehst du, was ich meine? Ich hab immer gedacht, bei Theater musst du Text lernen, und wenn ich dann vor Leuten stehe, fällt er mir nicht mehr ein und ich habe schon wieder versagt. Das da war aber gar nicht so. Die wollten, dass ich denen von mir erzähle und ich hab 20 Minuten einfach erzählt und es war total still in dem Raum. Und danach haben alle geklatscht und der Albert und die Moni fanden es super, was ich da gemacht habe. Das erste Mal fand jemand außer meinen Kumpels etwas gut, was ich gemacht habe. Ich hab die Nacht nicht geschlafen, und obwohl ich saumüd war, bin ich nicht eingeschlafen, ich habe den ganzen Vormittag auf die Probe am Nachmittag hingefiebert. Dann die Premiere, abartig, ein volles Haus jubelt und klatscht dich an, das war echt besser als Sex. Da bin ich der Moni und dem Albert echt dankbar dafür. Das wünsch ich jedem, dass er mal so was erlebt. Und ich will das auch wieder machen, verstehst du? Ich bin nicht schlecht, das weiß ich. Ich muss nicht ins Fernsehen, da bin ich nicht unbedingt scharf drauf, das mit der Bühne war's. Sag mal, du nimmst das jetzt alles auf, oder?« Jakob nickte. »Und dann schreibst du das alles auf? Und morgen steht das alles in der Zeitung. Dann wissen die, dass sie mich bei dir suchen müssen. Oder?« Er haute auf den Tisch, die Tasse flog in Jakobs Richtung, der Tee, der ihm ins Gesicht spritzte, war kalt. »Der andere Wichser hat auch so eine Bullenscheiße geschrieben über unseren Auftritt, so eine abartige Scheiße. Mit wär echt lieber, die hätten den verräumt, den Wichser. War mir gleich wieder klar, schon auf der Party, wo du plötzlich auch abgehangen bist, dass wir weiter draußen bleiben, es waren genau dieselben Blicke wie in der Straßenbahn. Ich hätte am liebsten den ganzen Abend gekotzt, den ganzen Raum hätte ich am liebsten vollgekotzt, dass die Arschlöcher ersaufen müssen in meiner stinkenden Kotze.«

Jakobs Telefon klingelte. Jakob ging ran. »Du, entschuldige einen Moment.« Er blieb einige Minuten draußen; er sagte öfter »ja« und »genau« und ein Mal »ich werde es versuchen«. Zurück bot er Oliver noch einen Kaffee an und bemerkte: »Das ist eine tolle Geschichte. Ich will das in die Zeitung bringen, aber erst später, wenn es dir was nützt. Ich finde, das sollen mehr erfahren, die meisten da draußen haben ja überhaupt keine Ahnung.«

»Kann ich bei dir bleiben?«

»Das wird schwierig. Ich bin untertags viel unterwegs.«

»Das macht mir nichts aus. Ich will auch nicht für Wochen bei dir einziehen. Bis zum Wochenende müsste genügen.«

»Hast du denn einen Schlafsack?«

»Den könnte ich besorgen lassen. Stell dich nicht so an.« Oliver stand auf und ging auf Jakob zu. »Ich bin im Arsch, wenn du das nicht zulässt, kapierst du das nicht? Du bist doch genau so ein Spießerschwuchtel wie die anderen.« Er streckte eine Hand aus.

Jakob beeilte sich zu sagen: »Aber das mit dem Theater ist nicht alles, oder? Ich nehme an, du hast noch einen anderen Plan.«

»Was meinst du denn mit Plan? Ich brauch doch keinen Scheiß-Plan, ich kenne meinen Weg. Oder hat dir jemand gesteckt, dass ich aufm Bau anfangen kann? Da draußen? Bekomm ich eine Lehrstelle. Keine Ahnung, wer da was gedreht hat, war wahrscheinlich der Lugner. Dann hat er mich in seiner Nähe, dann kann ich bei ihm pennen. Nee, vergiss es. Ich fahr da nicht hin.«

»Ich weiß, das klingt jetzt ein bisschen spießig, aber ich würd dir echt raten, da anzutreten. Probier's wenigstens.

Du beißt dir so was von in den Arsch später, wenn du es nicht versuchst.«

»Leck mich doch am Arsch. Warum erzähl ich dir hier mein Leben? Damit du mich wieder nicht ernst nimmst? Mein Gott, ihr seid doch alle gleich.«

Oliver stand auf. Niemand weiß, was weiter passiert wäre. Diesmal unterbrach sie die Türklingel. Jakob duckte sich unter Olivers Arm durch und raste zum Aufmachen. Er wurde, kaum hatte er die Tür geöffnet, an die Wand geschmissen. Tanja und Trimalchio stürmten in die Wohnung, sie hatten ihre Waffen schussbereit, sie überwältigten Oliver, warfen ihn bäuchlings auf den Tisch, dadurch zerbrachen beide Kaffeetassen, sie legten ihm Handschellen an und drückten seine Nase auf die Tischplatte. »Du bist verhaftet«, stieß Trimalchio hervor. Beim Herausziehen aus der Wohnung trat Oliver kräftig in alle Richtungen, Jakob spuckte er wieder ins Gesicht. Tanja fragte: »Ist bei dir alles okay? Bist du verletzt?« Jakob schüttelte den Kopf. Er hörte, wie ihr Auto wegfuhr, kochte sich eine weitere Kanne Kaffee und setzte sich an seinen Laptop, um Olivers Geschichte vor Redaktionsschluss noch aufzuschreiben.

ERSATZORT

Der treue Dackel kehrt nach dem Tod des Herrchens an den Platz zurück, wo ihm der Futternapf hingestellt wurde und wartet Stunden unter Winseln auf das Fressen. Er nimmt nichts von niemandem, magert ab und liegt eines Tages tot am Fleck und kann verscharrt oder verwertet werden. Der Großkritiker Schultzberg stromerte am Eingang seiner Theaterkantine vorbei. Die Tür stand offen, es herrschte eine Art von Ersatzbetrieb, man konnte das riechen, Schultzberg senkte den Kopf und schlich weiter. In den Augusta-Arcaden, die vor Jahren noch ein blühendes Shopping-Gelände waren, standen seit geraumer Zeit beinahe alle Läden leer. Es hatten sich nur ein Bäcker, ein Discount-Supermarkt, ein Zeitschriften- und ein Mallorcakleider-Laden gehalten. Außerdem gab es hier noch den Eingang zum Naturmuseum. Ein einsamer Ort inmitten der Stadt. Beim Bäcker gab es die Möglichkeit zu sitzen, bei einem Weizen schenkte Schultzberg seiner Trauer die Gelegenheit, sich breit zu machen. Sie wurde weniger. An zwei weiteren Tischen tranken ebenfalls schon Männer ihr Vormittagsbier, neugierig beobachteten sie alles, was dieser Neue trieb, nebenbei kommentierten sie das Montagsspiel der zweiten Liga, das der FCA knapp verloren hatte. Heuer steigen sie wahrscheinlich doch mal auf! Schultzberg schmierte auf der Serviette, die ihm zu seiner Nussschnecke gereicht worden war. Robert Walser wurde zum Ende seines Lebens verrückt und schrieb alles voll, was sich beschreiben ließ. Der Schreibwahn hielt ihn am Atmen. Schultzberg schrieb: »Wozu machen wir das alles? Warum schwingen wir uns zu Richtern dessen auf, was anderen Monate und Jahre Sinn gibt? Für uns ist es nur ein Buch, ein Theaterstück, das wir über einen Abend oder ein paar freie Stunden hinweg konsumieren, für den, der es fabriziert hat, ist es alles, was ihn ausmacht, was er ist, für eine gewisse Zeitspanne. Wir nehmen uns die Freiheit, sein Werk mit einem launigen Wischer aus der Welt zu fegen, wir fegen auch den Menschen weg wie eine Fliege, die uns nervt. Wir kennen ihn nicht, seine Gefühle sind uns egal, wir haben sogar noch das Gefühl, mit der Vernichtung des Objekts die Kunst an sich, die es so wenig gibt wie die Wirtschaft oder das Volk an sich, zu verbessern und unser Publikum, die Deppen, die uns lesen, anstatt mit ihren Händen was Vernünftiges anzustellen, klüger zu machen. Wir verschaffen ihnen eine Erkenntnis. Erkenntnis ist die geistige Währung unserer Tage. Information ist nichts, ist quick und billig verfügbar übers Internet, Erkenntnis dagegen ist Gold. Indem ich dem Zuschauer sage, was er vom Abend zu halten habe, werte ich ihn auf. Sogar wenn er mir widerspricht, setze ich einen Erkenntnisvorgang in ihm in Gang, er kommt intellektuell weiter, ohne mich wäre er auf der Stelle vermodert, innerlich.« Schultzberg trank. »Was ist mit denen, die das teuer subventionierte Theater nur als Garten betrachten, um ihre Profilneurosen zu züchten? Besteht meine Bürgerpflicht nicht darin, jene kaputt zu schreiben mit all der publizistischen Macht, die mir aufgrund meines Talents an Wort und Satz verliehen ist? Ich trinke Bier am Vormittag und verwahrlose öffentlich, ich brauche das hier Niedergeschriebene, um mich nicht aus Scham augenblicklich in Luft aufzulösen. Das heißt, wenn es möglich wäre, sich aus Scham in Luft aufzulösen, würde ich es sofort in die Tat umsetzen. Genug Scham sitzt an diesem Tisch. Es funktioniert nicht. Arschloch.« Schultzberg leerte sein Glas, stand auf und schmiss die Serviette in den Papierkorb. Vom Nachbartisch stand einer auf und holte sie zu seines und seines Gefährten Amüsement wieder hervor, sobald Schultzberg im Discountmarkt verschwunden war.

Der Kritiker stand mit drei Flaschen Augustiner Edelstoff und einem kleinen Chantré in der Schlange vor der Kasse. Hinter ihm sagte eine Frauenstimme: »Sie sind der Doktor Schultzberg?«

»Der bin ich.«

»Das vergangenen Donnerstag war doch nichts, oder?«

»Nein, das war ganz großer Mist.«

»Habe ich gleich gesagt zu meinen Freundinnen, die wollten es erst glauben, als es am Samstag in der Zeitung stand«, berichtete sie, die dick aufgetragen hatte in ihrem Gesicht und hoffte, so mindestens zehn ihrer 50 Jahre wieder gut zu machen.

»Die Ignoranz ist einer Berg im Himalaja, ich kann jeden Abend einen Teelöffel davon abtragen. Jedoch: Man merkt schon was auf den Straßen.«

»Sag ich auch immer.«

Sie waren beide an der Kassiererin vorbei, standen vor dem Markt in den leeren Passagengängen und wollten noch nicht voneinander lassen.

»Ich bewundere, was Sie schreiben. Ich schneide jeden Artikel aus und hefte ihn in einen Ordner.«

»Man berichtet mir, es gehe eine erotisierende Wirkung aus von dem, was ich schreibe.«

»Definitiv.«

»Von Ihnen wiederum strahlt eine Jugendlichkeit aus, die manche 17-Jährige nicht besitzt.«

»Sie übertreiben maßlos.«

»Keineswegs. Ich habe noch nie erlebt, dass jemand meine Artikel ausschneidet. Ich fühle mich maximal geschmeichelt und will es kaum glauben.«

»Ich kann es Ihnen zeigen, ich wohne nicht weit von hier. Kommen Sie doch mit zu mir.«

»Zufällig habe ich gerade nichts vor, ich komme gern mit.«

Die zwei brachen gemeinsam auf. Bei Verlassen der Arkaden, hakte sich die Frau bei Schultzberg unter und nannte ihm ihren Vornamen.

VERSAGEN

Selbst beim vierten Durchblättern des Lokalteils fand Jakob seinen Artikel nicht. Er hatte sich telefonisch gestern Nachmittag versichert, dass es noch nicht zu spät war und ihn losgeschickt und heute fand sich nichts davon. Jakob entdeckte auch keine anderen Großereignisse in der Fuggerstadt, die seine kleine Geschichte zwangsläufig hätten verdrängen müssen. »Denen ist ein Versehen passiert«, murmelte er.

Er holte sein Fahrrad von der Reparaturwerkstatt, der Fahrradmechaniker meinte: »Sie hängen an dem Fahrrad, ja?«

»Schon.«

»Bei dem Schaden hätte es sich auch gelohnt, auf dem Flohmarkt nach was anderem Ausschau zu halten, das wäre um einiges günstiger gekommen.«

»Wir haben zusammen viel erlebt.« Jakob bezahlte bar und hatte erneut nur noch fünf Euro in der Tasche, weil er sich eine Leberkässemmel auf den Frust hin beim Metzger nicht vorenthalten konnte.

Vier Minuten später war er daheim. Hätte er sich mehr Zeit gelassen, hätte er Mike verpasst, dann wäre der vor verschlossener Tür gestanden. So aber war er hier bei Jakob und wirkte kein bisschen verärgert wegen des unsanften Rausschmisses beim letzten Mal, nein.

»Ich hab's, diesmal wirst du überzeugt sein«, frohlockte er.

»Ich habe gerade wenig Zeit«, sagte Jakob.

»Ich weiß, wie wir in diesen Verein reinkommen. Ich habe schon Kontakt aufgenommen.«

»Setz dich bitte mal«, forderte Jakob seinen Freund auf und bot ihm Wasser an. »Hör mal zu. Ich glaube, du solltest die Finger aus dieser Sache lassen. Das sind ganz komische Typen und ich denke, dass das wirklich dumm ausgehen könnte, sich mit denen einzulassen. Verstehst du, das hier ist Ernst.«

»Mir ist es immer Ernst.«

»Das weiß ich, aber schau mal. Ich habe das Gefühl, dass dir ein bisschen das Gefühl für die Realität verloren gegangen ist. Du kämpfst gegen Windmühlen und merkst nicht mal, wie du plötzlich in ein echtes Messer rennst. Das schneidet, Mike, das schneidet ins Fleisch.«

»Dreiviertel der Menschheit tanzt am Rande des Abgrunds und will den Blick nach unten nicht wagen. Du musst mich nicht warnen, ich weiß besser Bescheid als die große Masse da draußen.«

»Such dir einen Job.«

»Wie bitte? Was hast du da eben gesagt? Ich hab was in den Ohren. Wiederhol den Scheiß noch mal bitte.«

»Du solltest mehr mit Leuten zu tun haben, die im Leben stehen, die anpacken müssen, um nicht zu verhungern, dein Elfenbeinturm wächst immer weiter.«

»Elfenbeinturm? Gut, vielleicht gehe ich nicht 60 Stunden in der Woche in ein Büro, dafür habe ich auch die Zeit, die Dinge ein wenig genauer zu betrachten und mir meinen eigenen Reim auf die Geschichte zu machen. Ihr seid es, die ihr euch täuscht. Das System steht vor dem Zusammenbruch, zumindest vor einem Wandel. Wer heute nicht für sich selbst sorgen kann, wird morgen schon verhungern. Und zwar im wörtlichen Sinn.«

»Deine Art, die Dinge genauer zu betrachten, ist, im Internet auf obskuren Seiten Zeit zu killen.«

»Du hast keine Ahnung.«

»Du bist ein Depp.«

»Zieh dich warm an, Jakob, die fetten Jahre sind vorbei und du wirst einer der ersten sein, die das zu spüren bekommen.«

»Willst du mir drohen?«

»Ich will nicht drohen, ich will dich nur warnen. Du wirst nie mehr sagen können, du hättest von nichts gewusst. Du steckst tiefer in der Scheiße, als du wahrhaben willst.«

»Da ist die Tür.«

»Du weißt genau, dass ich recht habe, deswegen willst du mich loswerden. Aber der Wahrheit kann man nicht ewig davon laufen, Jakob.«

Diesmal brauchte Jakob keine Gewalt, der wütende Mike stand auf, stürzte das Wasser hinunter und verließ türenknallend die Wohnung. Seine Schritte hallten, als er die Treppe hinunterlief.

Jakob wählte die Nummer der Redaktion.

»Jakob? Gut, dass du dich meldest. Ich wollte auch schon anrufen.«

»Kommt mein Artikel morgen?«

»Nein, sorry, das war unsäglich, auch sprachlich, ich konnte da nichts mehr machen. Ich habe ihn gelöscht.«

»Gelöscht?«

»Das interessiert keinen Menschen.«

»Die rennen alle in das Stück, die wollen wissen, wie es weitergeht mit den Schauspielern.«

»Das Stück hatten wir auch schon ausführlich, und es soll ja nicht so der Burner sein. Ich kann das selbst schon nicht mehr lesen, ohne drei Mal pro Absatz zu gähnen. Wie sollen wir die Leser da draußen damit noch hinter dem Ofen vorlocken? Sei mir nicht böse, Jakob, aber da muss was

Flotteres her. Bleib dran, schlag weiter Themen vor. Wir sind interessiert.«

Jakob legte auf und rührte sich eine Weile überhaupt nicht mehr, dann rannte er raus ins schöne Wetter, er spazierte lange im Sonnenschein.

Teil II: Mit

PARK

Er war schon vorher dagesessen auf der Nachbarbank und hatte sein Gesicht hinter einer Zeitung verborgen. Zwischen seinen Beinen stand eine Plastiktüte mit einem Supermarktaufdruck. Jakob hatte ihn bemerkt und nicht beachtet, er lehnte den Kopf zurück und schaute zum Blätterdach der Buchen über ihm hinauf. Bergpredigt: Die stehen hier Hunderte von Jahren und kümmern sich um nichts, alles was sie benötigen, trägt die Luft an sie heran und wird ihnen unterirdisch irgendwie reingeschoben. Es gibt keine Sackgassen, das Auge nimmt nur manchmal nicht das Loch in der Wand wahr. Milliarden schaffen es jeden Tag zu überleben.

»Hast du mir eine Zigarette?«, fragte das Gesicht hinter der Zeitung.

»Nein, hab ich nicht, ich rauche nicht«, antwortete Jakob.

»Kaufst du dir eine Packung? Unten an der Straße steht ein Automat.«

»Ich will gar nicht rauchen.«

»Aber ich.«

»Dann kauf dir doch eine Packung«, sagte Jakob.

»Ich kaufe mir nie eine Packung.«

»Wieso soll ich mir dann eine kaufen?«

»Weil du mein Bruder bist.« Birne legte die Zeitung weg und grinste zu Jakob hinüber. Der sprang auf und umarmte ihn.

»Birne!«

»Was ist jetzt? Kaufst du dir jetzt eine Schachtel?«

»Ich habe doch nur noch fünf Euro«, verteidigte sich Jakob.

»Das genügt.«

»Und ich will wirklich nicht mehr rauchen. Ich habe das sein lassen.«

»Wieso?«, fragte Birne.

»War mir zu teuer, und ich habe es gemerkt in der Lunge.«

Birne lachte dreckig auf. »Aufhören ist was für Schwächlinge. Denk dir nur, wenn du rauchst, wie fein der Kaffee schmeckt oder das Bier – aber das trinkst du auch nicht, gell? – oder beim Warten: eine Zigarette. Mich regen nur die Schwachköpfe auf, die dann süchtig werden. Süchtig werden nur die Deppen.«

Jakob stand auf und holte Zigaretten. Birne folgte ihm. Jakob fragte: »Willst du eine bestimmte Marke?«

Birne deutete: »In denen da sind die meisten drin. Nimm die.«

Birne hatte Feuer, Jakob rauchte eine mit. Sie setzten sich wieder auf Birnes Bank. »Das tut gut, findest du nicht?«

»Mir schmeckt es nicht mehr«, stellte Jakob fest. »Wo warst du?«

»Ich habe ein paar Dinge organisieren müssen.«

»Wieso bist du wieder da?«

»Ich bin noch gar nicht da. Ich will dich mit in das Loch ziehen.«

»Was soll ich da?«

»Ein paar Dinge organisieren. Was dagegen?«

Jakob schwieg.

»Hey, Jakob, was ist los mit dir? Bist du sauer?«

»Nein, alles in Ordnung.«

»Es war nicht alles super in der Vergangenheit, geb ich

zu, ich bin daran auch ein bisschen schuld, geb ich auch zu, aber jetzt lass uns noch mal von vorne anfangen. Warum sagst du denn nichts?«

»Du kannst nicht nach 30 Jahren von vorne anfangen.«

»Nein, kann ich nicht, klar. Sollen wir's trotzdem nicht versuchen und wieder im Streit auseinander gehen? Entschuldige, für mich ist das Quatsch nach allem, was du jetzt schon für mich getan hast. Und nach allem, was du jetzt schon für mich getan hast, glaub ich dir einfach nicht, dass ausgerechnet ich dir egal bin.«

»Also gut, dann habe ich dich jetzt gefunden, dann gehen wir jetzt zu Katharina und gut ist.«

»Nein, nein, nein, Jakob, das ist erst der Anfang. Wir haben eine Menge zusammen vor.«

»Ich nicht.«

»Woran fehlt es? Ist es das Geld? Geld ist kein Problem, kannst du von mir haben, wenn du willst. Na? Komm mit.«

Die zwei Brüder gingen tiefer in den Park, der munter bevölkert war bei dem Wetter: Familien mit Ball, Studenten mit Ordnern, aus denen zu lernen war, erste Frisbeespieler und Biertrinker. Sie kamen an den japanischen Steingarten, der mitten im Park liegt zum Andenken an Rudolf Diesel, den Erfinder eines Motors. Hier standen Hecken und versteckten die Besucher des Gartens, sorgten für Ruhe. Birne und sein Bruder Jakob drangen ein in die Ruhe und steuerten eine Gruppe von fünf in sich versunkenen Frauen und Männern an.

»Was macht ihr da?«, störte Birne sie.

»Was geht Sie das an?«

»Kriminalpolizei«. Birne zückte einen Ausweis und hielt

ihn vor sich und ihre Nase. »Darf ich mal eure Rucksäcke kontrollieren?«

»Sie dürfen das nicht ohne eine Genehmigung.«

»Bursch, ich zeig dir gleich, was ich darf und was nicht.« Er ging auf den etwa 25-Jährigen zu und trat ihm voller Wucht seinen Schuh ins Gesicht. Jakob wich zurück. Der Getroffene fiel nach hinten und blieb liegen.

»Nur dass eines klar ist, Freunde, wenn ihr nicht kooperiert, ich kann euch soviel Stress machen, dass das für eine längere Zeit euer letzter Tag an der Sonne war«, belehrte Birne sie.

Nun gaben sie murrend nach und warfen Birne ihre Rucksäcke hin, ließen ihn keinen Moment aus den Augen, während er wühlte.

»Was haben wir denn da? Was ist denn das?«

»Keine Ahnung.«

»Was sucht es dann in deinem Rucksack? Ich habe dich was gefragt.«

»Ich habe das nicht da rein.«

Birne lachte laut auf. »Weißt du, was das für dich bedeutet, mein Freund? Was wolltest du denn damit? Verkaufen? Was ist der Scheiß wert? Baust du den selbst an? Ist dir bewusst, dass du jetzt ein riesiges Problem hast?«

Der Angesprochene antwortete nicht, er sprang auf und lief davon. Birne hinterher, aus dem Garten in den offenen Park, über Sonnenbadende, sich entschuldigend. Birne war schnell und warf sich keine 100 Meter später auf den Verfolgten, brachte ihn zu Fall.

»Du Lump.«

»Verfickt, lass mich laufen. Ich habe Beziehungen. Ich habe eine Familie. Lass mich. Ich kann nicht ins Gefängnis.«

»500.«

»Hab ich nicht.«

»Dann kommst du mit.«

»Scheiße.«

»Musst halt aufpassen.«

»Komm bitte, ich pass auf, das nächste Mal, aber bitte nicht, hey, wir können doch reden. Mir geht es zur Zeit nicht gut, aber ich komm da raus, ich schwör's dir. Du bist auch nicht viel älter. Hast du nie Scheiß gebaut?«

»500. Denk an die, die du allein schon unglücklich gemacht hast. Die jetzt deinetwegen auf irgendeinem Klo zitternd verrecken. Zitternd, bei so einem Wetter. Du hast auch kein Herz, du denkst auch nie an die. Und wir sollen immer Mitleid haben. Ein unendlich tiefes Fass Mitleid soll ich daheim haben und jeden Tag einen Liter abschöpfen und trinken. Woher soll ich das denn haben? Wer soll das denn bezahlen? Der Staat?«

Der Dealer nannte Birne einen Wichser und kramte aus seiner Jeanstasche Geldscheine hervor. Alles in allem keine 500, aber Birne war zufrieden damit, er sagte: »Die Firma dankt.« Und ließ ihn in Ruhe.

»Da, nimm.«

»Ich will das nicht. Das ist mir zu dreckig.«

»Das ist Drogengeld, die haben auch kein Mitleid.«

»Aber es gehört dann genauso wenig uns.«

»Natürlich nicht. Der Staat baut neue Atomkraftwerke damit, da geb ich es doch lieber meinem Bruder.«

»Ich will es nicht.«

»Was mach ich dann damit?«

»Mir egal.«

»Entschuldigung.« Birne sprach einen Obdachlosen an,

der gegenüber einen Mülleimer nach Pfandflaschen durchsuchte.

»Sie können mir gar nichts! Das ist nicht illegal«, schrie der zurück.

»Keine Angst, guter Mann, ich will Sie nicht belästigen.«

»Dann quatsch mich nicht blöd an.«

»Ich will Ihnen ein Geschäft vorschlagen.«

»Ich mache keine Geschäfte.«

»Sehen Sie diese Geldscheine, sind knapp 300 Euro, zwölfhundert Pfandflaschen, eine Menge Arbeit.«

»Und die wollen Sie mir geben?«

»Sie müssten eine Kleinigkeit für mich erledigen.«

»Eine Kleinigkeit?«

»Sehen Sie den Hundehaufen dort drüben. Mich regt das auf, dass die Leute mit ihren Dreckstölen unsere Freiflächen verschmutzen, kotzen könnte ich da, keine Rücksicht. Stört Sie das nicht auch?«

»Soll ich ihn wegräumen?«

»Sie sollen ihn essen.«

»Vergiss es.«

»300 Euro.«

»Aber Birne, das ist doch giftig, der Mann kann sterben«, mischte sich Jakob ein.

»Papperlapapp. Sterben. Von was willst du alles sterben? Beim Überqueren einer jeden Straße kann man sterben.«

Der Obdachlose stand noch da. »Ganz aufessen?«

»Für 300 Euro«, bestätigte Birne.

»Ich kann das nicht.«

»300 Euro.«

Der Mann beugte sich zu dem Haufen hinunter. »Ich kann das nicht.«

»Der liegt schon eine Weile, der ist nicht mehr frisch. Frisch ist ekelhaft. Der ist auf dem halben Weg zum Humus. Im Humus wachsen unsere Gelben Rüben, die fressen wir auch im Salat, das ist nichts anderes. Man darf nicht zögern, man darf nicht überlegen, sonst geht es nicht. Kinder fressen auch alles, was in ihrer Windel ist, die müssen den Ekel erst lernen. Wieso ekeln wir uns? Was ist an einer kleinen Spinne so schlimm, dass wir Schweißausbrüche bekommen? Nichts. Ekel ist Einbildung, ist aufgesetzt.«

Der Obdachlose nahm den Haufen, brach ein Stück ab und führte es zum Mund. Er berührte die Kacke mit der Zunge und erbrach sich augenblicklich, gold-grüne Brühe, die Bier war, als er sie sich vor einer Stunde zugeführt hatte, über den Boden, über den Hundekot.

Birne trat von hinten an ihn ran, legte seine Hand auf dessen Schulter. »Alles ist gut.« Er gab ihm das Geld und drehte sich um zu Jakob.

»Gehen wir zu mir?« Birne nahm seine Tüte auf.

Er hatte auch einen Schlüssel zu Katharinas Wohnung. Sie gingen in die Küche, Birne räumte die Weizenflaschen zur Seite, holte eine Schüssel aus dem Schrank und stellte sie auf den Tisch in der Mitte vor ihnen.

»Wo ist Katharina?«, fragte Jakob.

»Keine Ahnung. Kann sein, dass sie gleich dazu stößt.«

»Unten steht das Auto.«

»Das Auto steht unten? Gut.« Birne holte aus seiner Tüte eine Flasche Sambuca und leerte sie in die Schüssel, dazu kam ein Glas Schattenmorellen, ein Schuss Multivitaminsaft und eine Piccolo-Flasche Sekt. Er rührte mit einem Schöpflöffel um. »Das war mal eine Verlegenheitslösung, schmeckt aber großartig, gerade zur Erfrischung an einem Sommernachmittag. Ich habe noch ein wenig an dem Mischverhältnis experimentiert, so dürfte es perfekt sein.« Er schenkte zwei Kaffeetassen voll, schob eine zu Jakob rüber und begann, aus seiner die Kirschen zu löffeln.

»Ist das ein Rezept, das ihr bei Heinz Horst hättet ausprobieren wollen?«

»Heinz Horst?«

»Es heißt, er habe dich erwartet am Tag seines Todes. Ihr wolltet Bowle-Rezepte tauschen.«

»Heinz Horst war ein feiner Kerl. Sein Tod war nicht vorgesehen.«

»Von wem? Irgendjemand musste ihn vorgesehen haben, sonst würde er jetzt noch leben.«

»Das waren die Nazibuben, tippe ich. Die haben was mitbekommen und wollten dem eine kleine Abreibung verpassen. Schief gegangen. Der Oliver ist gefährlicher, als man vermuten würde.«

»Jetzt haben sie ihn.«

»Probier mal.«

»Nein, ich will das nicht.«

Birne schnappte sich die Tasse seines Bruders und leerte die.

Jakob kam eine neue Idee: »Ich gehe auf den Balkon und rauche noch eine.«

»Ich komme gleich nach.«

Birne kam mit seiner vollen Tasse auf den Balkon und wollte auch eine Zigarette. »Weißt du, wo meine Bartagame ist?«

»Was?«

»Das Terrarium ist offen. Das Tier ist weg. Weißt du, was da los ist?«

»Ich habe das Terrarium geöffnet«, gab Jakob zu.

»Wolltest du sie füttern?«

»Nein. Ich wollte was nachschauen.«

»Und hast du was gefunden?« Birne grinste.

»Nein. Ich wurde gestört.«

»So so. Jetzt ist das Tier weg, irgendwo in der Wohnung unterwegs, zwischen Sofapolstern wartet es darauf, dass sich jemand aus Versehen draufsetzt und es zerquetscht. Ende Leben. Schade, war ein Geschenk.« Birne zog an seiner Zigarette und aschte auf die Straße unter ihnen. »Endlich wird das Wetter besser.«

»Was hast du vor?«

Birne griff sich Jakobs Arm mit dem Verband. »Du hast Probleme mit dem Lugner bekommen.«

»Das ist bei weitem nicht so schlimm ausgegangen, wie es hätte enden können.«

»Du hast Glück gehabt – dieses Mal. Wenn er erfährt, dass ich Kontakt zu dir aufgenommen habe, dann wird er es wieder versuchen. Solange er nicht weiß, wo wir sind, ist es in Ordnung, aber ich denke, wir werden Probleme kriegen.«

»Was will der?«

»Ich weiß es ehrlich gesagt nicht so genau. Es ist auf jeden Fall gescheiter, wenn wir ihn kaputt machen.«

»Wahnsinnig gefährlich kam er mir nicht vor, eher ein bisschen lächerlich.«

»Täusch dich nicht. Die Dummen sind die Gefährlichen.«

»Wird er uns nicht hier als erstes suchen?«

»Kann sein. Hauen wir ab. Du kannst noch Auto fahren?«

Birne setzte sich mit der Schüssel und einer Tasse auf den Beifahrersitz.

»Und Katharina?«, fragte Jakob, den Schlüssel im Schloss.

»Solange Lugner nicht ahnt, dass wir zu zweit unterwegs sind, wird er sie in Ruhe lassen. Fahr los.«

»Und ihr Auto? Sie wird ihr Auto vermissen. Nur du hast den zweiten Schlüssel. Sie wird wissen, dass du den Wagen hast.«

Birne schenkte nach. »Sie soll wissen, dass ich noch am Leben bin.«

»Clemens hat dich auch schon gesehen, ein paar Freunde von ihm. Sie weiß, dass du noch am Leben bist, sie weiß nur nicht, warum du dich nicht bei ihr meldest. Warum redest du nicht mit ihr?«

»Clemens, Clemens, Arschloch Clemens. Fahr jetzt endlich.«

»Wohin?«

»Nach Oberschöneberg.«

»Zum Lugner?«

»Zum Lugner.«

GARTENVERSTECK

Birne ließ ihn auf einen Feldweg abbiegen. Sie umrundeten das Dorf und parkten hinter der Hecke von Lugners Anwesen. Sie konnten nicht sehen, was da drin vor sich ging. Zu hören war nichts. Mit Mühe zwängten sie sich zwischen der Hecke hindurch und kamen so in den Garten. Sie standen neben einem Weiher, Goldfische glotzten zu ihnen aus dem Wasser heraus. Ansonsten hatte anscheinend niemand ihre Anwesenheit bemerkt. Im Garten war keiner. Der Rasen lag friedlich gemäht vor ihnen. Büsche raschelten im sanften Wind. Von fern hörten sie jemanden mit einer Motorsäge agieren. Sie schlichen zum Haus und schauten durchs Fenster ins Arbeitszimmer, in dem Jakob gelegen hatte. Niemand drin.

»Ich würde gern versuchen, da reinzukommen«, sagte Birne.

»Fühlst du dich fit genug?« Jakob rümpfte seine Nase.

»Wieso fit?«

»Du bist besoffen.«

Birne wurde unangemessen laut. »Du hast keine Ahnung, was es heißt, besoffen zu sein.« Er ließ Jakob stehen und bog um die Hausecke auf der Suche nach einem Eingang.

Viereinhalb Sekunden später hörte Jakob ihn »Hilfe!« schreien.

Hinter ihm war ein Dobermann her und der hätte Birne zerrissen, hätte er nicht das Winseln gekriegt beim Anblick Jakobs. Er duckte sich und bellte die Einbrecher an, hatte aber offensichtlich Angst.

»Brav«, sagte Jakob und ging auf das Tier zu. »Ganz

brav.« Als er eine Hand ausstreckte, stach der Hund los und floh außer Sichtweite.

»Respekt«, lobte Birne außer Atem und klopfenden Herzens. »Der Hund hat Respekt vor dir.«

»Kommen wir da rein?«

Birne hatte niemanden bemerkt drinnen. Auch nach dem Hundeangriff schaute keiner draußen nach. Die Brüder nickten sich zu und lächelten plötzlich.

»Zeit zu handeln, was?« Birne klopfte Jakob auf die Schulter.

»Vorher noch eine rauchen?« Jakob bot Birne aus der Schachtel an. Und Birne ließ sich überreden.

Birne entdeckte, dass die hintere Garagentür zum Garten unverschlossen war. Von der Garage führte eine Tür ins Wohnhaus. Sie durchstreiften das Erdgeschoss. Von den Bewohnern keine Spur. Die Küche – Frau Lugners Bereich – war unaufgeräumt. Auf den Arbeitsplatten klebten Speisereste, die Spülmaschine lief.

»Lange können sie noch nicht weg sein.«

Im ersten Stock fanden sie noch in einem Raum einen Schreibtisch und geräumige Büroschränke.

»Hier praktiziert er, der Wunderheiler«, erklärte Birne seinem Bruder.

»Sieht nicht aus wie eine Praxis, sieht aus wie im Arbeitsamt«, stellte Jakob fest

»Wieso Arbeitsamt?«

»Ist das auf dem Bild Stonehenge?«

»Kann schon sein und das sind Runen, schau mal. Wir sind in einem Druidenhaushalt.«

»Was ist in den Ordnern?«

NACHBARHAUS

Der Oberschöneberger Nachbar war misstrauisch geworden. »Meine Frau hat gesagt, wenn jetzt noch einer kommt und sich das Haus anschaut, rufen wir die Polizei. Uns wird das langsam zu verdächtig.« Seine käseweißen Beine ragten aus seinen kurzen Hosen, eine Bremse setzte sich zwischen zwei blau hervorschimmernde Adern und saugte die erste Blutmahlzeit des Tages, die Socken ringelten sich zwischen den Lederriemen der Sandalen. »Und jetzt sind Sie selbst gekommen? Was stimmt denn da nicht mit dem Lugner? Sind wir auch in Gefahr?«

»Was ist denn Auffälliges passiert da drüben, dass Sie uns rufen wollten?«, bohrte Tanja.

»Da kommen dauernd Leute mit Autos und streichen um das Anwesen herum und dann fahren sie wieder, keine Ahnung, was das soll. Gerade vorhin ist ein Mercedes eine Weile vor dem Haus gestanden. Meine Frau hat niemanden gesehen. Ich auch nicht, obwohl wir lange aus dem Fenster geschaut haben. Ich wollte rübergehen, wir sind zuerst zum Einkaufen und wie wir wieder da waren und ich rüber wollte, war das Auto weg. Damit hat sich's erledigt gehabt.«

»Besitzen Sie einen Schlüssel?«

»Mit dem Doktor Lugner haben wir kein so herzliches Verhältnis. Der hat sich nicht so am Dorfleben beteiligt. Seine Patienten haben uns ständig die Straße zugeparkt. Wie ich mich mal beschweren wollte, ist er ganz patzig geworden und hat mich einen Dorfdeppen geheißen. Einmal hat er mir die Polizei geschickt, weil ich angeblich in der Nachtruhe den Rasen gemäht habe. Meine Frau hat daraufhin den Anwalt einen Brief schreiben lassen. Seitdem reden wir nicht mehr. Sein Anwalt schreibt auch. Soll ich Ihnen die Briefe zeigen? Sie kennen sich vielleicht auch ein bisschen damit aus.«

Aus dem Haus schrie die Frau: »Hans? Kommst du wieder rein?«

»Schatz! Das ist die Polizei.«

Polizei lockte sie aus dem Hausinnern. »Hat er was angestellt?«

»Ihr Mann? Nein.«

»Ich meine den schönen Herrn Nachbar. Haben Sie ihn endlich?«

»Liebling du hast nicht gehört, wovon wir gesprochen haben.«

»Na, deswegen frage ich.«

Trimalchio wurde aufmerksam: »Ist Ihnen was aufgefallen in letzter Zeit? Hat sich da was verändert an Ihrem Nachbarn?«

»Erstens die Hunde, der hat in der letzten Zeit immer mehr Hunde im Garten gehabt. Wir haben gedacht, der züchtet die. Beschwert haben sich die Landwirte, nachts hat er sie über die Wiesen springen lassen, weil er gedacht hat, dann sieht sie keiner, die Köter, aber die haben geschissen. Die Landwirte können das Gras nicht verfüttern, wenn da ein Hund drauf gemacht hat. Da hätten Sie den Lugner hören sollen, wie er getobt hat, wenn man ihn darauf aufmerksam gemacht hat. Ich habe es mitbekommen von hier. Von unseren Bauern war keiner unhöflich. Einmal hat er sogar einen Hund losgelassen. Da haben wir die Polizei geholt, hat aber nichts geholfen, weil der Hund nicht gebissen hat, bellen darf er, wenn es nicht mehr als eine halbe

Stunde am Tag ist. Hätten Sie ein Glas Johannisbeersaft gewollt? Machen wir selbst.«

Tanja und Trimalchio nahmen an. Sie saßen im Garten unter einem Sonnenschirm und hatten dieselbe prächtige Landschaft vor sich wie von Nachbars Balkon aus, nur ohne Hecke, die die Sicht versperrte.

»Herrlich«, lobte Trimalchio den Garten. »Ist das ein Birnbaum?«

»Eine Spezialsorte«, erläuterte der Nachbar. »Die Früchte haben einen hohen Zuckergehalt, das gibt einen feinen Most, den brenne ich dann.«

Die Frau stieß ihm ihren Ellenbogen in die Seite. »Das ist doch illegal, das darfst du der Polizei nicht verraten, was du im Keller hast.«

Trimalchio lachte auf. »Auf dem Land hat wohl jeder eine Leiche im Keller.«

»Wollen Sie einen Schnaps versuchen?«, bot der Schnapsbrenner an.

Tanja war unsicher, Trimalchio war gleich bereit, Tanja gab nach. Die Frau brachte vier Gläser und eine Grappaflasche. »In die füllen wir ihn ein, das ist kein Grappa.«

»Feiner Schnaps, sehr mild, feine Birne«, stellte Trimalchio fest, die Kollegin nickte zustimmend.

»Die komische Praxis«, fuhr die Frau fort, über ihren Nachbarn zu lästern, »die er da betreibt. Die Angehörigen haben ihre Schwerkranken hierher gebracht. Denen konnte man anderswo nicht mehr helfen. Die Hoffnung stirbt als Letztes, habe ich mir gesagt. Wenn die Leute meinen, sie könnten noch ein bisschen länger leben, wenn sie sich vom Doktor Lugner die Hand auflegen lassen, dann ist ihnen wenigstens geholfen. Natürlich hat er denen nur das Geld aus der Tasche gezogen. Und andere sind auch gekommen, selbst welche mit chronischen Sachen, Allergien, Asthma, so Zeug. Eine Bekannte von uns ist mal hin mit ihrem Bub, der Heuschnupfen gehabt hat. Danach musste er angeblich nicht mehr niesen im Freien, wenn es Frühling geworden ist. Sagt sie. Ich bin im Zwiespalt. Wenn es hilft, dann kann es ja auch helfen, wenn man fest genug daran glaubt. Oder es geht von selbst wieder weg. Einen Mordszulauf hat er jedenfalls gehabt da nebenan, manchmal haben sie uns hier komplett eingeparkt. Wir sind gar nicht mehr aus dem Hof rausgekommen mit dem Auto, auch da hat er sich taub gestellt, wenn wir uns beschwert haben. Ich habe meinen Mann Schilder aufstellen lassen. Ich glaube, ich rieche meinen Zopf. Einen Moment, ich hole ihn aus dem Ofen, frisch ist er am besten.«

Allerdings war er frisch hervorragend und dazu passte der selbst geschleuderte Honig des Lugner-Nachbarn, der es stark bedauerte, dass ihm über den Winter gleich drei seiner fünf Bienenvölker eingegangen seien. »Die Scheißmilbe, da werden wir heuer auch weniger Äpfel und Zwetschgen bekommen. Gott sei Dank haben wir vom letzten Jahr noch was eingefroren für den Datschi zu Allerheiligen.«

»Ist der Lugner ein Abbeter?«, fragte Trimalchio.

»Nein.« Der Imker schüttelte vehement seinen Schädel. »Der ist ganz gegen die Kirche. Er lässt nicht mal die Sternsinger rein. Die katholische Kirche hasst er, gegen die Pfaffen hat er wild gewettert. Am Anfang, als er hergezogen ist und wir noch miteinander geredet haben, war das ein Reizthema. Wenn du ein Wort von der Kirche gesagt hast, ist er losgegangen: Wie die Spinner in Rom die Leute für dumm verkaufen und ihnen das Geld aus der Tasche ziehen. Ich habe nichts mehr gesagt darauf und mir nur gedacht: Da redet der Richtige.«

»Was ist mit seiner Frau?«, fragte Tanja.

»Eine unauffällige Person«, berichtete die Nachbarin. »Man sieht sie selten. Im Dorf ging das Gerücht rum, dass sie wochenweise gar nicht zuhause ist, es hieß, die Ehe sei kaputt. Wenn ich ehrlich bin, habe ich sie kaum noch gesehen, nachdem der Lugner diesen Assistenten hatte.«

»Was für ein Assistent?«

»Ein eigenartiger Mensch. Der war plötzlich da, ein Herr, etwa halb so alt wie die Lugners. Man hat gemeint, es sei der Sohn, der vom Studieren heimgekehrt ist, weil er nirgends eine Arbeit findet. Ein gepflegter, korrekter junger Herr. Man hat gesehen, wie er mit den Hunden spazieren geht. Wie man dann aber die Frau Lugner gar nicht mehr gesehen hat, hat es plötzlich geheißen, der junge Mann ist gar nicht der Sohn vom Lugner, sondern der Freund. Der Lugner melkt seine Patienten und jetzt hat er einen, der ihn melkt. Geschieht ihm recht, hat man gesagt, auch wenn man die Frau dann doch wieder gesehen hat, angeblich sogar mit dem Jungen reden.«

Der Nachbar fuhr fort: »In der Zeit, wo er so verliebt war, ist ihm die Praxis immer schlechter gegangen. Wir haben es am Zulauf gesehen. Nur noch an zwei, drei Tagen in der Woche kamen die Kranken und weit nicht mehr so viele. Dafür hat er angefangen, abends Partys zu feiern, laut war das, manchmal bis die Sonne aufgegangen ist. Viele jüngere Leute auch, so Schnöselbuben und alte Männer mit Geld. Das hat man den Autos angesehen, mit denen sie gekommen sind. Ich bin von Haus aus vielleicht kein neugieriger Mensch, aber da hätte es mich schon hin und wieder gereizt zu sehen, was hinter der Hecke getrieben wird.«

Seine Frau warf ein: »Man hat geredet, das sei so eine Art Puff nur für Männer, wenn Sie verstehen, was ich meine.« Sie fing an zu stottern, vor Fremden war sie es nicht gewohnt, über solche Themen zu sprechen. »Das hört man öfter, dass so Männer in dem Alter auf einmal ihre andere Neigung entdecken und ihre Familie verlassen.« Sie verstummte und schaute ihren Mann von der Seite an.

Er legte seine Hand zärtlich auf ihren Oberschenkel. »Da musst du bei mir keine Angst haben, Schatz. So etwas merkt man doch früher. Aber gut, wenn man es sein Leben lang unterdrückt, bricht es am Ende heftig heraus. Eigentlich ein armes Schwein.«

»Wo auch noch das Geschäft hin ist. Ohne Geld laufen ihm die Buben bestimmt davon. Es heißt, dass er Privatinsolvenz angemeldet hat, weil er über die Verhältnisse gelebt hat.«

»Man sollte ihn mal besuchen, wir bringen ihm Kirschnudeln, die hat er gemocht, da war er scharf drauf, als ich ihm die mal zum Geburtstag geschenkt habe – am Anfang, als wir noch miteinander geredet haben.«

Ihm fiel ein: »Du weißt nicht, was nachkommt als Nachbar, neulich war so eine ausländische Großfamilie da und hat sich das Anwesen angeschaut. Wenn die einziehen, dann darfst du nichts mehr offen liegen lassen, da musst du immer alles absperren.«

»Im Prinzip ist so ein Herr Doktor ein feiner Nachbar. Aber als Arzt will halt keiner mehr aufs Land, die verdienen in der Stadt alle viel mehr. Wenn du alt wirst und kein Auto mehr fahren kannst. Bei uns gibt es nicht mal mehr einen Laden im Dorf. Mann, ich habe Angst vor dem Altwerden. Wenn es so weit ist, dann müssen wir glatt in ein Heim und weg von hier, von allem, was wir aufgebaut haben zusammen.«

Trimalchio unterbrach die Sentimentalitäten. »Vielen

Dank, das war sehr aufschlussreich. Sie haben uns weitergeholfen.«

»Gehen Sie schon?«, fragte der Mann.

Tanja gab zu: »Wir müssen leider weiter.«

»Wir trinken noch einen Brombeerlikör«, schlug der Nachbar vor.

Tanja war ganz angetan. »Ein exquisiter Likör.«

BUNKER

Im geräumigen Keller leere Regale. Das einzige, was sie fanden, war ein Raum, der vollgestopft war mit Konserven, zwei Matratzen lagen auf dem Boden.

Birne lachte auf. »Der Bunker. Ich hätte ihn nicht mal als Depp ernst genommen, wenn er sich keinen Bunker gehalten hätte.« Aus dem Bunker raus führte noch eine zweite Tür, die erste verschlossene im ganzen Haus. Sie unternahmen keinen Versuch, sie zu öffnen.

»Und jetzt?«, fragte Jakob.

»Ich will oben in der Hütte nachsehen.«

»Wo ist der Hund?«

»Du gehst voraus, dann wird uns nichts passieren«

Die Hütte war auch verlassen, nur ein paar Gartenwerkzeuge lagen rum. Birne schmiss sich ins Gras vor der Hütte.

»Was ist?«, erschrak Jakob.

»Hundescheiße.«

»Ja und?«

»Ich wollte riechen, ob sie noch frisch ist.«

»Und?«

»Relativ.«

»Erkläre mir bitte, was das hier soll«, bat Jakob nachdrücklich.

»Ich weiß es nicht, Bruder, ich weiß es nicht.«

»Die Schachtel ist leer.«

»Dann kauf halt neue.«

»Scheiße. Ich wollte überhaupt nicht mehr rauchen«, klagte Jakob. »Ich habe kein Geld mehr.«

»Wart. Ich hab noch Kleingeld, dann kannst du fahren.« Doch bevor Jakob die Münzen aus Birnes Hand nehmen konnte, zog der sie wieder zurück. »Was hast du eigentlich mit Katharina angestellt?«

»Wie? Was soll ich mit ihr angestellt haben?«

»Frag doch nicht so blöd.«

»Ich? Ich frag nicht blöd, du fragst blöd. Was soll ich mit ihr angestellt haben? Nichts habe ich mit ihr angestellt. Ich weiß gar nicht, was ich hätte anstellen sollen mit ihr. Sie ist doch deine Verlobte, da brauche ich doch nichts anzustellen. – Birne, ist alles in Ordnung mit dir?«

»Ich kann nicht mehr, ich lege mich in den Keller.«

»Musst du kotzen?«

Und obwohl Birne verneinte, schoss eine Ladung Bowle in Lugners Garten. »Scheiße«, sagte Birne und wankte zurück ins Haus. Jakob wollte ihn mit sich reißen, weg zum Auto, Birne hatte den stärkeren Willen, er torkelte in den Keller in Richtung Bunker. Jakob versuchte ihn zu stützen und stürzte beinahe unter der Last seines Bruders.

»Ich mein, es wär wesentlich besser, wenn wir verschwinden, ich will von diesen Verrückten nicht aufgegriffen werden.«

Birne lallte: »Mach dir keine Sorgen – ich halte uns die Gefahr vom Leib. Wir hauen gleich ab, ich will mich nur einen Moment ausruhen.«

»Birne, mach keinen Blödsinn. Wir gehen raus ins Auto und du kannst dich dort ein bisschen ausruhen. Wir fahren zurück. Komm zu mir.«

»Ich kann im Auto nicht schlafen, da wird mir schlecht. Nur kurz Matratze und dann ist gut.«

»Birne, das ist gefährlich.«

Birne knallte sich auf die Matratze im Bunkerraum und rieb sich müde die Augen. »Weißt du, ich habe dem Clemens vertraut. Ich habe gedacht, der ist mir dankbar für das, was ich für ihn getan habe, die Drecksau, die verschissene. Jetzt hat er bekommen, was er verdient hat.«

»Katharina sagt, dass er im Rollstuhl bleiben muss.«

»Ehrlich? Katharina sagt das. Die weiß das schon wieder. War klar.«

Jakob setzte sich neben Birne, und der ließ sich an seines Bruder Schulter fallen und schlief plötzlich ein.

»Warum weckst du mich?«

»Ich glaube, da ist jemand.«

ZUCKERHOF

Die Kneipe »Zuckerhof« in Augsburg gehörte zu einem Hotel, der Rezeptionist schaute alle Viertelstunde, ob da einer saß, der Durst hatte, ansonsten war man allein und ungestört. Ein Platz für Verschwörer, der niemand anlockte als Verschwörer. In der Ecke saß Lugner, und durch das Weizen vor ihm und die Ecke in seinem Rücken wirkte er noch fetter als auf freiem Feld. Der Verschwörer, der vor ihm saß, fragte sich, wie der Dicke da hinten rein gekommen war und ob er wieder rauskommen würde, wenn sie beide fertig wären. Der Verschwörer hatte die Hälfte der durchschnittlichen Lebenserwartung eines Mitteleuropäers gerade hinter sich gebracht, für den Anlass hatte er sich ein T-Shirt mit der Aufschrift »42« vorne und auf dem Rücken »Stellst du dir die richtigen Fragen?« angezogen.

»Sie haben übers Internet von uns erfahren«, wusste Lugner. »Das freut uns, das heißt, dass unsere Seite gelesen wird.«

»Ich habe auch eine Seite, einen Blog, in den ich die Wahrheit schreibe. Die Medien lügen einen an, die betrügen die Massen: Die Medien sind alle in einer Hand. Wer die Wahrheit will, muss sie suchen. Ich kenne die Wahrheit.«

»Wir kennen die Wahrheit.«

»Ich will was unternehmen. So kann das nicht weitergehen. Die Welt rennt in den Abgrund und ich muss zuschauen, weil uns keiner wahrnimmt.«

»Wir suchen Menschen wie Sie, wir wollen etwas unternehmen.«

»Ich glaube, es gibt viele, die denken wie ich. Die schreiben mir, ich kann eine Legion auf die Beine stellen.«

»Aber man muss vorsichtig sein«, warnte Lugner.

»Darunter sind auch falsche Freunde. Ich habe gerade eine böse Enttäuschung einstecken müssen. Und es war nicht die erste. Alle büßen das, wenn sie mein Vertrauen missbrauchen. Die müssen das leider blutig büßen. Traurig.«

»Wenn jemand die Wahrheit kennt, dann wird er auch nicht fallen.«

»Braucht jemand noch was?«

»Ich nehme ein Spezi«, sagte der Verschwörer.

»Würden Sie einen Menschen umbringen, wenn er unseren Zielen im Weg steht? Die Frage ist eine rein moralische, rechtlich kann Ihnen nichts passieren. Wir sind mächtig genug, Sie vor den Konsequenzen zu schützen.«

»Was haben Sie vor?«

»Ich will es so ausdrücken: Unser großer Schlag steht kurz bevor. Diejenigen die am Schicksalstag auf der richtigen Seite stehen wollen, müssen absolut integer sein. Und das müssen wir testen. Wir werden wahrscheinlich knietief im Blut unserer Feinde stehen, keiner kann garantieren, dass nicht einer von uns unter den Opfern sein wird. Wir brauchen Kämpfer.«

Das Spezi kam, der Verschwörer dankte und schwieg dann.

Lugner bestellte noch ein Weizen. »Sind Sie bereit, einen Menschen mit Ihren Händen zu töten?«

»Ja schon, wenn es der Wahrheit dient.«

»Bestimmt.« Lugner schob ihm ein Foto über den Tisch.

»Wer ist das?«

»Ein Mann, der mich schwer enttäuscht hat.«

Jakob. Mike schluckte.

BESICHTIGUNG

Der Kunde wollte wissen, warum das Objekt zum Verkauf stehe.

»Es gehört einem hier ansässigen Heilpraktiker, dem ist die Praxis eingegangen. Dann haben wir von der Bank das Haus kassiert. Die Leute haben kein Geld mehr für Voodoo.«

»Es ist riesig. Da müssten zwei Familien einziehen.«

»Dafür ist es günstig.«

»Man muss halt viel machen. Wenn Sie nicht bald jemanden finden, fällt es in sich zusammen.«

Der Mann von der Bank rückte seine Krawatte zurecht und forderte seinen Kunden auf, sich erst den Rest anzusehen. Im Wohnzimmer schloss er die Terrassentür und entschuldigte sich für einen Haufen Hundedreck, der auf dem weißen Teppich lag.

»Haben Sie das Geräusch gehört? Es kam von oben. Wo ist denn der jetzige Besitzer?«, fragte der Kunde.

Der Verkäufer sagte: »Er will das nicht mitbekommen, irgendwie spekuliert er auch noch darauf, das Anwesen retten zu können. Tja, die Hoffnung stirbt zuletzt.«

Beide lachten.

Sie gingen in den ersten Stock. »Die Schränke sind ja riesig, da kann sich jemand drin verstecken.«

»Der Vorbesitzer hatte hier seine Praxis. Als die noch lief, war das nicht überdimensioniert, da saßen hier die Patienten. Jetzt, wo das Geschäft zusammengeschrumpft ist, wirken die Räume größer.«

»Ist die Praxis ganz zu?«

»Offiziell nicht. Offiziell behandelt er noch, allerdings auch nur noch an zwei Tagen in der Woche und wenn ich den Nachbarn trauen darf, kommt da auch keiner mehr.«

»Was sind das für Nachbarn?«

»Ganz nette, einfache Leute, er ist pensioniert, war mal Volksschullehrer, hat jetzt Bienen.«

»Bienen? Die fliegen mir doch in den Garten und stechen mich.«

»Nein, die hat er nicht hier, die hält er am Waldrand. Waldhonig«, beschwichtigte der Bankmann.

»Der Sohn von unserem jetzigen Nachbarn war mal bei Abbeten mit seinem Asthma, seitdem ist es weg. Wie ein Wunder.«

»Der Lugner ist kein Abbeter, angeblich hat er aber schon Erfolge gehabt.«

»Dann würde mich doch interessieren, warum ihm das Geschäft eingeht.«

»Es heißt, dass er sich gehen lässt.«

Vom Balkon aus hatten sie einen Ausblick auf eine freie Landschaft, Felder, Hecken und Waldstücke. Keine Straße, kein Verkehr weit und breit.

»Eine Postkartenansicht«, meinte der von der Bank.

Der Kunde prüfte das Holz-Geländer, es wackelte. »Müsste man auch auswechseln.«

»Müsste man.«

Der Kunde öffnete den Schrank. Er war leer. Der Kunde hängte seine Nase ins Innere und zog fest Luft in seine Nase.

»Hier war wohl auch die Feuchtkammer des Geschäfts. Es stinkt wie eine betrunkene Abteilung der Fremdenlegion«, stellte er fest. »Ist es das, was Sie meinen mit Gehenlassen?«

»Ich sage gar nichts, ich erzähle nur, dass man redet und sich seine Gedanken macht im Dorf.«

»Ich verstehe. Zeigen Sie mir den Keller.«

Unten war eine Brandschutztür fest verschlossen. Der Bankmann vermutete, dass dahinter die Heizung sei und verstand auch nicht, wieso keiner seiner Schlüssel passte.

Sie traten vors Haus. »Ah, die Garage«, entdeckte der Kunde. »Da würde ich doch noch einen Blick hineinwerfen, wenn Sie sich nicht schon um den nächsten Interessenten kümmern müssen.«

»Heute kommt keiner mehr.«

»Da war doch eben jemand in der Einfahrt.«

»Vielleicht der Nachbar.«

»Nein, nicht der Nachbar. Den habe ich vorhin gefragt, ob ich hier richtig bin.«

LABOR

Am Fenster stand Jakob. Er hielt eine Flasche ins Licht der untergehenden Reischenausonne. Er betrachtete das weiße Zeug da drin, nahm die Brille von der Nase, um genau sehen zu können und erkannte doch nichts. Er stellte die Flasche auf den Fenstersims und verließ den Raum.

Die Schiebetür zwischen Terrasse und Wohnzimmer war offen, eine schwarz-weiße Katze zwängte sich in den Raum und sprang auf den Fenstersims neben die Flasche. Als Jakob die Kellertreppe hinunterging, hupfte sie los in Erwartung eines Menschen, der ihr Futter zukommen lassen könnte. Sie warf die Flasche um. Die Flasche flog um und es gab einen großen Knall. Das Wohnzimmer explodierte, die Katze wurde in der Mitte entzwei gerissen. Jakob und Birne kamen und schauten sich die Trümmer an, die einmal Lugners Wohnzimmer gewesen waren.

»Wenigstens wissen wir jetzt, was das für Zeug war«, sagte Birne.

»Hier steht kübelweise Aceton, Wasserstoffperoxid und Salzsäure. Damit könntest du schöne Bowlen mischen. Es fehlen nur Früchte.«

»Ich nehme Katze stattdessen.«

Sie standen vor der offenen Tür hinter dem Bunker, sie hatten die Schlüssel zwischen Wurstdosen entdeckt.

»Warte mal kurz«, sagte Birne und rannte nach oben. Jakob blieb in dem Labor stehen. Es roch nach lange gelagertem Käse. Es gab einen Kühlschrank, in dem hatten sie die eigenartigen Flaschen entdeckt. Jakob ging rückwärts zurück in ihren Bunker und schloss die Tür ab. Er ging nach oben, um nach Birne zu sehen. Der stand an der Haustür und Jakob bemerkte im letzten Moment, dass er sich dort mit jemandem unterhielt. Birne lachte und sagte »Na dann bis bald vielleicht.«

Der Nachbar, er hatte die Explosion gehört und jemanden wegrennen sehen. Jakob hatte wieder nicht gehört, dass jemand an der Tür war. Schlechte Ohren?

»Wie bist du ihn losgeworden?«

»Wir sind Interessenten und wollen das Ding eventuell kaufen, den Schlüssel habe ich von der Bank bekommen.«

»Du warst aber schon mal hier?«

»Als Polizist noch, ja, da hatten wir Fragen an den Kerl, weil er mit Thorhammer in Verbindung steht, einem rechtsnationalen Verein; die könnten Heinz Horst eins ausgewischt haben. Bei denen war auch Clemens aktiv übrigens, bevor ich ihn zurück in die Bürgerlichkeit geholt habe.«

»Waren sie's?«

»Sieht so aus und sieht vor allem so aus, als hätte Lugner nicht nur irgendwas mit denen zu tun – er ist dieser Verein.«

»Aber jetzt ist er pleite oder warum will er das Haus verkaufen?«

»Daran glaube ich nicht, sein Laden lief zu gut. Da müsste er was auf die Seite geschafft haben. Ich vermute, dass er verschwinden will. Auf den soll man nicht mehr so einfach zugreifen können, indem man zu seiner Adresse fährt und ihn belästigt. Der plant was Größeres in nächster Zeit. Schau dir diese Cocktailbude im Keller an. Da mischt er was zusammen.«

»Was hast du in deiner Abwesenheit geplant?«

»Die Clemens-Sache. In erster Linie wollte ich weg von den Menschen, die haben mich einfach nur noch angekotzt, eine Überdosis Mitmensch.«

Jakob zuckte unwillkürlich zurück. »Was ist die Clemens-Sache?«

»Na, wenn der in meiner Frau rumschraubt, das musste ich ihn spüren lassen, dass das nicht so einfach geht.«

»Der ist behindert jetzt. Spinnst du?«

»Der kommt wieder, das haben meine Leute schon im Griff, da musst du dir keine Sorgen machen.«

»Die Polizei?«

»Alles sauber erledigt, du bist der Einzige, der mich hinhängen kann. Und Clemens hält auch das Maul, dem könnte man zu viel anhaben, auf seinen Schuldenberg baue ich mein Haus, da steht es solide.«

»Katharina?«

Birne überlegte. »Weiß ich ehrlich gesagt noch nicht. Im Moment geht es mir ganz gut, ausgeglichen sozusagen, ich denke, ich werde ihr nichts mehr antun. Nachdem du sogar die Fotos an dich genommen hast, könnte ich theoretisch zu ihr zurückkehren und so tun, als wäre nichts oder ich wüsste nichts.«

»Birne, du bist ein ganz ein widerlicher Mensch.«

»Ich habe 30 Jahre lang eingesteckt und mich ständig ein bisschen unwohl gefühlt. Weißt du, wie diese Ratten, die radioaktiv bestrahlt werden, um zu sehen, wie sie es vertragen. Mir war innerlich immer übel, die ganze Zeit ein seelischer Kotzdrang. Verstehst du? Ich bin in mich gegangen, habe auf die Stimme gehört und teile jetzt aus und zwar physisch. Danach geht's mir wieder gut, das reinigt mich. Zum ersten Mal habe ich das gefühlt, als ich einem den Arm abgeschossen habe und das zweite Mal, als ich einen umgebracht habe. Ich habe einen Rentner im Wald erschossen, ohne Reue einen Menschen ausgelöscht.«

»Es wird schlimmer. Du verlierst nicht nur jede Moral, du musst auch immer mehr kaputt machen, damit es dir wieder gut geht.«

»Finde ich nicht. Ich habe schon lange niemanden mehr umgebracht.«

»Ich muss Katharina vor dir schützen.«

»Warum Katharina? Ich finde das, was sie getan hat, weit verwerflicher.«

»Du spinnst. Das eine ist alltäglich und das andere einfach nur krank.«

»Du hast keine Ahnung. Nur weil es gegen das eine ein Gesetz gibt und gegen das andere nicht. Moralisch ist das keine Kategorie. In Afrika gibt es Stämme, da fressen sie ihre Verwandten nach dem Tod. Bei uns kannst du das nicht bringen. Jeder macht, was ihm passt und keiner tut, was er für falsch hält. Das geht gar nicht. Ein Gesetz erkenne ich an und das andere umgehe ich. Du wirst hierzulande für Steuerhinterziehung länger eingesperrt als für eine Vergewaltigung. Ist das moralisch einwandfrei?«

»Dann geh doch du in den Club vom Lugner, der will doch auch nur alles richtig machen, der hört auch nur auf seine innere Stimme.«

»Das ist was anderes.«

»Das ist nichts anderes.«

BULLENNEST

Trimalchio stutzte: Er hatte eben eine E-Mail von Birne aufgemacht. Es gehe ihm gut, bald sei er zurück, er solle sich gut anschnallen, denn bei seiner Rückkehr werde eine Bombe platzen und ein Nazinest ausgebrannt. Er forderte alle Neuigkeiten im Fall Lugner, das sei extrem wichtig, um dem Herren seine Aktivitäten zu unterbinden.

»Für mich ist das eine Fälschung«, erklärte Tanja. »Am Schluss steckt der Lugner selbst dahinter, der braucht doch nur irgendwie an das Passwort gekommen sein. Kann man da über die IP-Adresse bestimmen, wo die Mail abgeschickt wurde?«

»Ungefähr«, meinte Trimalchio.

»Dann probier's doch mal. Und schreib ihm, er soll sich nicht so anstellen und sich melden.«

Zwei Minuten später war Birne am Telefon. »Servus. Was gibt's Neues?«

»Wo steckst du?«

»Ich bin daheim.«

»Dann komm her.«

»Warum?«

»Weil ich dir am Telefon keine Neuigkeiten verrate.«

Es gab ein kleines Hallo beim Eintreffen Birnes. Zumindest Tanja und Trimalchio wirkten erleichtert: ein dritter Kopf im Team zum Denken. Sie tauschten ihre Rechercheergebnisse aus und puzzelten an den Zusammenhängen. Bald mussten sie sich eingestehen, dass sie auf der Stelle standen. Birne glaubte, dass Lugner etwas Gefährliches im Schilde führe,

Trimalchio zeigte sich enttäuscht von Olivers Aussagen, der Junge habe sich verschlossen nach seiner Verhaftung. Bald müssten sie ihn wieder rauslassen, wenn sie nicht weiterkämen. Er könnte wenigstens ein bisschen was zugeben.

»Willst du mal mit dem Jungen reden?«, schlug Trimalchio vor.

»Nein«, wehrte Birne ab. »ich kann es überhaupt nicht mir jungen Leuten.«

Tanja erkundigte sich nach Jakob.

»Wir hatten nur kurz das Vergnügen miteinander, inzwischen sind wir wieder verstritten. Hat nie so geklappt bei uns, keiner gönnt dem anderen einen Erfolg, wobei es bei uns in der Familie keine Erfolge hagelt, so gesehen. Er wird mich anpumpem früher oder später, jetzt stehe ich auch auf seiner Liste.«

»Wie geht es Katharina?«

»Uns geht es gut. Sie hat aufgehört zu fragen, wo ich gewesen bin, seitdem vertragen wir uns wie zuvor.«

»Der baut Bomben im Keller?«, wechselte Trimalchio das Thema. »Das schauen wir uns doch an.«

»Er mischt zumindest Sprengstoff. Keine Ahnung, was er vorhat. Wenn er spinnt, dann stellt er eine echte Bedrohung für die Öffentlichkeit dar, dann ist er unberechenbar. Wenn er wie ein normaler Krimineller tickt, dann kommen wir vielleicht leichter auf seine Spur. Er faselt von einer Weltverschwörung der Mächtigen, der grauen Herren, die im Hintergrund die Welt lenken. Unsere Politiker sind nur Marionetten, die an ihren Fäden zappeln. Graue Herren, mit angeblich unendlichen Kapitalreserven, die jüdische Weltverschwörung.«

Tanja wusste: »Auf der anderen Seite die Deppen wie Lugner, denen das jemand so verklickert, dass sie es glauben, dazu eine Mischung aus germanischen Mythen und antikapitalistischen Floskeln, fertig sind die Humanzünder, an die du nur noch Sprengstoff hängen musst, damit sie losgehen. Die Frage bleibt: Wie viel Angst müssen wir haben? Erfreuen sie sich im Hinterzimmer dubioser Gasthäuser ihrer Hirngespinste oder sind auch ein paar drunter, die ihre Finger wirklich aus der Tasche bekommen?«

Und Trimalchio hatte die Idee: »Die haben Franzbein den Kopf weggesprengt – damit haben wir doch was, womit wir Lugner ficken können.«

Und Birne schlug vor: »Auf geht's, lasst uns ficken.«

VILLA

Kein Lugner und kein anderer öffnete ihnen auf ihr Klingeln.

»Ich weiß, wie wir reinkommen«, sagte Birne.

»Woher wissen wir, dass wirklich niemand da ist?«

»Wir wollen doch jemanden sprechen, oder? Dann muss er sich uns zeigen. – Trimalchio, kannst du mal eben schießen?«

»Worauf?«

»Da kommt gleich ein Hund, der wird sich an einem von uns festbeißen, der müsste dann weggeschossen werden.«

Tanja protestierte und Birne zeigte ihnen den Weg durch die Hecke in den Garten.

»Wir gehen hinter dem Haus zur Garage, von dort kommen wir ins Wohnhaus.«

»Und der Hund?«, wollte Tanja wissen.

»Der kommt, sobald einer von uns da rein geht. Ich muss wohl als erster, weil Trimalchio schießen muss und du sowieso dagegen bist. Nicht wahr?«

Trimalchio und Birne zwängten sich schmerzvoll zwischen je zwei hohen Thujen hindurch. Trimalchio verfluchte das »Teufelsgewächs«. Als Birne erwähnen wollte, dass man Thujahecken auch als Lebensbäume bezeichnete, obwohl sie scheißgiftig seien, sprang der Köter sie an. Er wollte Birnes Kehle und als er die nicht bekommen konnte, weil Birne sich wegdrehte, zwischen den Beinen hindurch an seine Hoden. Birne schrie, als er den warmen Atem des Tiers durch seine Hose spüren konnte. Doch Trimalchio hob ruhig seine Waffe und schoss dem

Tier den Kopf vom Hals, bevor Birne zu Schaden kommen konnte.

»Danke«, sagte er.

»Keine Ursache.«

Tanja steckte den Kopf zwischen den Gewächsen durch. »Das hätte es nicht gebraucht.«

Birne ging ihnen über die Garage ins Haus voran. Sie redeten und rissen die Türen geräuschvoll auf. Kein Mensch machte sich ihnen gegenüber bemerkbar.

»Hier ist nichts verändert worden«, stellte Birne fest. »Es könnte sein, dass hier niemand war, seit ich mich hier mit Jakob umgesehen habe.«

Er führte sie in den Keller in den Bunker mit dem Labor. Es roch immer noch nach altem Käse, die Räume waren leer. In der Zwischenzeit waren alle Spuren beseitigt worden.

»Komisch ist das. Ich habe fast den Eindruck, als wollte uns da jemand auf eine Fährte locken und kaum schnüffeln wir, springt er ins Wasser und verschwindet vor unserer Nase«, sagte Birne.

»Lass uns das Zimmer ansehen, wo die Explosion stattgefunden hat«

Fenster und Fensterstock waren zersplittert, ein Loch im Boden und Glasscherben und Katzenfetzen lagen im Raum verteilt. Es roch süßlich. Fliegen flogen von den Katzenresten auf, als die Polizisten eintraten.

»Sauber«, stellte Trimalchio fest. »Eine Flasche sagst du? Gutes Zeug. Das Zimmer ist verwüstet. Wer sich hier aufgehalten hätte, wäre jetzt ein Krüppel.«

Birne überlegte: »Sie waren hier, um das Labor wegzuräumen, aber das hier haben sie liegengelassen. Das ist komisch, das ist arrangiert. Die locken uns hierher und wieder weg. Wir sollten dringend was unternehmen, damit wir ein bisschen mehr die Richtung bestimmen können, in die das Ganze läuft.«

»Dringend«, pflichtete Trimalchio bei.

»Ich werde hier Kameras installieren, dann schauen wir still zu, was hier passiert.«

»Kameras?«

»Ist neuerdings mein Hobby: digitale Überwachung. Ich stell uns hier Kameras auf, die keiner entdeckt.«

»Vielleicht werden wir hier schon beobachtet?«

»Wenn es so ist, entdecke ich die. Ich schau mich um und demnächst begrüßen wir Lugner und Konsorten in unserer Falle.«

Im Gang waren Schritte zu hören.

»So«, sagte jemand.

Die Polizisten schauten nach. Der Mann von der Bank führte wieder einen Interessenten. Als er die Polizisten sah, verfinsterte sich sein Gesicht. »Das ist ja die Höhe.« Er marschierte ins Wohnzimmer auf die Ermittler zu, seine Kunden, ein junges Ehepaar, folgten ihm zögerlich. »Können Sie mir sagen, was Sie hier suchen? Wieso sieht es hier so aus, als hätte eine Bombe eingeschlagen?«

Tanja trat ihm entschieden entgegen. »Hier hat eine Bombe eingeschlagen, wir sind von der Polizei und hier, um rauszufinden, was hier los ist.«

»Selbst wenn Sie von der Polizei sind, habe ich ein Recht zu erfahren, wenn Sie hier einsteigen. Haben Sie einen Hausdurchsuchungsbefehl?«

»Nein, haben wir nicht.«

»Nennen Sie mir bitte Ihre Namen, Sie erhalten eine Dienstaufsichtsbeschwerde.«

»Da schau her«, sagte Trimalchio. Er stand am Heizkörper und hielt eine Hand in der Hand. Fliegen umschwärmten sein Fundstück. Die junge Ehefrau krallte sich an der Schulter ihres Ehemannes fest.

»Unverschämtheit«, brüllte der Banker. »Wie soll ich hier verkaufen. Diese Immobilie wird ein Minusgeschäft für uns.«

»Birne, sei so nett und ruf die Kollegen von der Spurensicherung an.«

VERSÖHNUNG

»Ich habe darüber nachgedacht«, sagte sie. »Ihr verbeißt euch da in Kleinigkeiten. Ich stehe nur einen Schritt weit weg von dir und sehe mehr. Euch geht der Überblick verloren.«

»Ich bin jetzt müde. Mir ist das alles scheißwurscht. Verstehst du?«

»Nur kurz, hör dir das an.«

Sie setzte sich an den Schreibtisch, bewegte die Maus, auf dem Computerbildschirm erschien ein Standbild von einem Video. Sie startete. Es erschien ein Schriftzug: »Einige Worte zu Verbesserung unserer nationalen Lage.« Ein älterer Herr vor einem Schreibtisch mit einem dicken Redemanuskript. Er begann vorzulesen, langsam, ernst und dumm. Etwas mehr als neun Minuten sollte das gehen.

»Jetzt nicht«, sagte Birne. »Ich will jetzt ein Bier.«

»Hör dir das an«, erwiderte sie.

Birne schwieg. Er schaute sich nicht das Video an, er schaute auf seine Verlobte, ihre vom Computerlicht blasse Haut. Sie war auch fertig wie er um ihre Augen. Sie hatte sich fest angezogen wegen der Kälte im Raum, die nur sie spürte. Er ging neben ihr in die Knie. Er umarmte sie. Sie gab ihre Haltung auf und ließ sich auf seine Schulter fallen. Er durfte ihre Stütze sein. Seine Hand fuhr in ihren Nacken und drehte ihren Kopf zu ihm hin, Auge in Auge. Der Atem war lauter als das Geschwätz aus den Computerboxen. Birne küsste und zog sie zu sich. Er suchte unter dem Textil nach ihrer Haut und fand. Alles war gut, draußen war draußen. Keine Kälte war mehr im Raum, auch für sie nicht. Sie brauchte kein Gewand. Und bevor das große Reißen aneinander begann, erstarrten sie noch einmal für eine kurze Zeit, nackt im Anblick des anderen. Das war Glück.

STREIT

Ein paar Tage später war Jakob wieder da. Er hatte seinen Schlüssel nicht benutzt, er hatte geklingelt und das frisch versöhnte Paar beim Mischen einer Bowle gestört.

»Was will er?«

»Birne, es tut mir leid. Ich habe mich nicht richtig benommen, mir ging es nicht besonders. Verzeihst du mir, Bruder?«

»Also gut. Willst du einen Schluck Bowle?«

»In dem Fall nehme ich einen Schluck.«

Jakobs Haare standen wild in die Luft, er stank streng nach altem Schweiß, seine Brille hing ihm schief im Gesicht. Er nahm einen hastigen Schluck und begann sofort, die Früchte – Mandarinen-Stücke aus der Dose – zu löffeln. Birne unterbrach ihn in seiner Gier, zwang ihn, anzustoßen.

»Schmeckt gut, das Zeug, der Alkohol kommt fast nicht durch.«

»Was hast du getrieben, seit wir uns getrennt haben?«

»Dies und das, im Wesentlichen habe ich ein paar Geschichten fürs Blatt geschrieben.«

»Läuft gerade gut in deinem Job«, sagte Katharina.

»Wird Zeit, dass der Kerl auf eigenen Beinen stehen kann«, warf Birne ein.

»Du warst immer die Gurke, die sich hat treiben lassen. Du hast in letzter Zeit Glück gehabt, deswegen hast du jetzt was. Doch es fehlt nicht viel, ein kleiner Donner, und du bist weg und eure kleine Existenz« – Jakob blickte verächtlich im Wohnzimmer umher – »zerfällt zu einem Häufchen Staub.«

»Woher kommt dieser Hass, Bruder, auf einmal?«

Jakob antwortete nicht, er stierte vor sich hin.

»Was hat er?«, fragte Birne.

»Er ist betrunken«, antwortete Katharina. »Von dem bisschen ist er betrunken.«

»Willst du dich hinlegen?« Birne rüttelte an Jakobs Schulter.

»Lass mich in Ruhe. Es geht mir wunderbar. Bekomme ich noch eine Tasse?«

Katharina schaute fragend Birne an, der zuckte mit den Schultern und Katharina schenkte nach. Jakobs Gier war ungebremst.

»Willst du ein Stück Brot?«

»Ein Stück Brot?«

»Hast du Hunger?«

»Wie kommst du darauf, dass ich Hunger haben könnte?«

»Du frisst die Früchte förmlich in dich hinein.«

»Schmeckt halt geil.«

»Du stinkst.«

»Du auch.«

»Was willst du hier?«

Nach einer längeren Pause, rang Jakob sich durch: »Kannst du mir Geld leihen?«

Birne sprang auf, er schrie Katharina an: »Was habe ich dir gesagt? Er kommt und will Geld. Was habe ich dir gesagt?«

Birne bekam eine Ladung Bowle ins Gesicht: »Ich bin nicht schuld. Die Wichser zahlen nicht. Ich habe mehr Ausstände als du mir leihen könntest. Ich bin der Verarschte. Wenn du ein richtiger Bruder wärst, würdest du mir das Geld leihen, damit ich mir einen Anwalt nehmen kann.«

Birne lachte seinen Bruder aus. »Genau darum geht es. Du lässt es mit dir geschehen. Immer erst rechte Wange, dann linke, dann Danke. Mit Deppen wie dir treibt man die Welt um. Wir gehen da rein und prügeln dem Arschloch die Kohle aus der Fotze.«

»Birne.« Katharina war entsetzt. »Gib ihm halt 50 Euro. Er war mir echt eine Stütze, als du nicht da warst.«

»Ich weiß, Scheiße, ich weiß. Ich bin wieder da, du brauchst keine Stütze mehr, deswegen soll er abhauen. Ich habe schon mal versucht, ihm Geld zu geben, und da war er sich zu fein. Bruder, mein Geld stinkt leider nach Hundescheiße, mein Geld, das willst du gar nicht, auch wenn du was davon bekämst.«

»Du schmeißt mich raus? Gut.« Jakob holte die Schlüssel aus seiner Hosentasche und warf sie auf den Tisch, dass es sie in die Ecke haute. »Arschloch, Arschloch, Arschloch.«

Birne schmiss den Stuhl um, Jakob landete auf dem Boden, langsam zog er sich am Tisch wieder hoch, er blutete aus dem Mund.

»Er blutet«, quiekte Katharina.

»Er hat sich auf die Zunge gebissen«, murmelte Birne ganz ruhig. Jakob spuckte ihm einen Tropfen Blut ins Gesicht. »Ja, wehr dich endlich. Komm, gleich noch mal.« Birne verpasste ihm eine leichte Ohrfeige. Jakob warf sich mit dem Kopf gegen Birnes Brust. Beide Brüder fielen auf den Boden, Katharina kreischte »Hört auf, ihr Deppen!«

Birne war schnell wieder den Beinen, er trank einen Schluck aus seiner Tasse und sprotzte sie auf Jakob. Der zeigte ihm den Mittelfinger und schritt zur Tür. Birne lachte und gab ihm einen Tritt in den Hintern.

»Birne, hör auf«, ermahnte ihn Katharina.

»Ist ja gut, er soll abhauen.«

Jakob schlug die Tür hinter sich zu.

»Muss das sein? Birne, was soll er denn machen? Er hat doch niemanden mehr.«

NEBENBAHNHOF

Warum halten wir uns für einen besseren Menschen als andere? Warum meinen wir, wir seien schlauer als der Rest der Menschheit? Warum sind wir so voller Verachtung und Hass? Jeden Moment werde ich weniger und weniger. Heute morgen bin ich aufgewacht – und es war nichts mehr da von mir.

Die Türen des ICE schlossen sich am ersten Gleis des Hauptbahnhofs. Eine Mutter hatte ihr Kind auf dem Arm und lief dem anfahrenden Zug winkend nebenher, bis es keinen Sinn mehr hatte. Das Kind winkte auf dem Arm der stehenden Mutter, der Zug nahm seine Fahrt auf und würde nicht mehr zum Stehen kommen bis zum Nürnberger Hauptbahnhof.

Wir werden zum Menschen durch unsere Fähigkeit zur Empathie. Wir fühlen, was ein anderer fühlt, wenn wir ihn sehen. Wenn wir bestehen wollen in dem System, das wir uns eingerichtet haben, können wir das nur, indem wir unsere Fähigkeit zur Empathie unterdrücken, ansonsten frisst uns der Wolf, der unser Nachbar ist. Nichts fühlen, nichts denken, nichts wahrnehmen, was unseren Nächsten betrifft. Durch dieses kleine Loch in unserem Ego dringen die Parasiten ein, die uns in Sekundenschnelle von innen auffressen, den Rest, die Hülle, bläst der Wind in alle Richtungen davon.

Der ICE fuhr auf den Oberhausener Bahnhof zu, durch den würde er jagen und mit seinem Fahrtwind ein wenig die

Röcke der wartenden Mädchen am Bahnsteig lupfen. Ein gebückter Alter schwankte über den Steig, er hatte Mühe sein Gleichgewicht zu halten, er hatte um diese frühe Zeit schon zu viel getankt. Er schritt mal hierhin, mal dorthin aus, ohne Ziel. Jeder, in dessen Nähe er torkelte, versuchte dem Körperkontakt auszuweichen.

Ich erinnere mich an ein Hochgefühl, das vor vielen Jahren eingesetzt hat, und das am stärksten war, als ich moralisch am Tiefpunkt war. Wie konnte ich mich so täuschen? Wie konnte ich so blind sein und mich meiner Sehkraft rühmen?

Der ICE kam auf den Bahnhof zu, das Gesicht des Alten klarte auf, seine Schritte gewannen an Kraft. Er näherte sich der Kante, das erkannten die anderen und erschreckte sie bis zur Lähmung. In wenigen Sekunden würden sie Dinge sehen, die sie aus Horrorfilmen liebten. Sie würden wissen, wie sie mit diesen Bildern in der Realität zurecht kämen und doch nichts mit diesem Wissen anfangen wollen.

Und es handelte sich nur um Sekundenbruchteile, und der Alte berührte die Schnauze des Zugs, und einer, ein Türke, hatte sich doch gefasst und den Alten gepackt. Der Zug bremste, riss den Alten noch ein Stück mit sich, der hatte den sicheren Bahnsteig nie unter den Füßen verloren und schlitzte sich nur ein bisschen das Gesicht auf. Der Zug stand, und Schultzberg sagte mit blutenden Lippen: »Mein Gott. Das wird teuer.«

VORBEREITUNGEN

Die Zeitschriften lagen den ganzen Tag in der Wohnung herum und sendeten ihre verfluchten Signale an Birne. Katharina räumte auf, nicht einmal eine einzelne Socke fand Birne jemals an dem Platz, an dem er ihn zu späterem Gebrauch abgelegt hatte, immer war alles wieder in neue Ordnung gebracht. Nur die Zeitschriften, die blieben liegen, zum Teil in aufgeschlagenem Zustand. Sie zeigten zufällig Vorbeilaufenden wie Birne Wohnungsmöblierungsideen, Bekleidungsideen, Schmuckideen. Eine Menge Dinge, deren Besprechung Birne aus dem Weg ging, sich in sogenannter Arbeit zerwühlend. Es ging um einen Termin für die Show und letztlich darum, wie und vor allem wie groß sie aufgezogen werden sollte. Birne sagte: »Mir ist das zu viel Ego. Einen ganzen Tag nur wir zwei im Mittelpunkt, das ertrage ich einigermaßen, wenn wir allein sind, einem oder gar 100 Fremden will ich das nicht zumuten. Wenn wir keinem sagen, warum wir sie eingeladen haben, alles Entscheidende heimlich durchgezogen haben und zum Offiziellen nur immer einen Schnaps entkorken, wenn einer wagt zu fragen, was das soll. Wie findest du das?«

Es gab Traditionen da, wo man herkommt. Hier gab es einen Clash der Traditionen. Es ist unvermeidlich, wenn Kulturen sich treffen, hier die männliche, auf der anderen Seite die weibliche. Das Aufeinandertreffen der Kulturen soll deshalb nicht vermieden werden, oft, wenn nicht meist, entsteht dabei was Neues, Drittes, Aufregendes. Die Traditionen akkumulieren und zwei, drei Generationen kommen weiter, die Einzelnen dagegen zu gar nichts mehr eigenem, weil sie ausschließlich im Erfüllen von Traditionen ihren Alltag verbringen, wo doch jedem zumindest ein Rest eigenes Leben zustehen müsste. Da darf man es doch mal richtig krachen lassen und pfeifen auf alles, was vor einem war und neu anfangen, zu unbekannten Ufern aufbrechen, oder?

Man soll es, wie vieles andere auch, einfach machen und nicht dauernd reden. Vom Reden kommt nichts. Die schönsten Ideen, so vage als Gedanken im Kopf, was man noch machen könnte für die Unsterblichkeit, kaum ausgesprochen und vom Gegenüber wieder und wieder zerpflückt und abgewogen – es bleibt davon nichts mehr, was einen noch so weit enthusiasmieren könnte, dass man loslegen will. Alles ist auf einmal so naja, wenn wir darüber gesprochen haben und wir sitzen wieder in der Küche an unserem Tisch, auf dem Sofa vor unserem Fernseher, unter der Dusche und ihrem Strahl und warten auf den nächsten Einfall, der uns auftriebe. Er kommt, fühlt sich aber schaler an als der letzte, womöglich weil wir ahnen, was aus ihm werden wird.

Katharina saß da, blätterte, merkte ein, notierte, arbeitete allein an diesem Projekt, das Birne und sie für immer zusammenketten würde.

»Ich weiß nicht, ich weiß nicht«, sagte er.

»Was?«

»Denk doch auch an das Geld.«

»Es ist ein einziger Tag im Leben, der größte.«

»Lass uns eben darum abhauen, ganz weit weg, dorthin, wo es nur noch uns gibt.«

»Denk an die Freunde. Ohne unsere Freunde ist der schönste Tag im Leben nichts. Ohne unsere Freunde würden wir uns gar nicht kennen.«

Ohne unsere Eltern wären wir gar nicht auf der Welt, ohne unsere Großeltern wären unsere Eltern nicht da und ohne Urknall… – und wenn die Dinosaurier nicht ausgestorben wären, weiß keiner, was dann wäre. Das bringt nicht weiter. Leider in mancherlei Hinsicht. Wir schulden unserem Nachbarn nichts, wir schulden nicht einmal dem Zufall was. Den Zufall gibt's sowieso nicht, so wie es die deutsche Industrie oder auch das Volk nicht gibt. Es gibt nur die Zufälle und eine Art Schicksal, an das man glauben muss, wenn es einem hilft (das Glauben, nicht das Schicksal).

Birne hatte keine Freunde. Wer ein echter Freund ist, merkst du sowieso erst in bestimmten Situationen und welche Situationen das sind, merkst du erst, wenn sie da sind und mit ihnen die echten Freunde. Schrecklicher als die Pest sind natürlich die, die dich ausnützen wollen, in keiner Weise zu verachten dagegen die, die dich schätzen, weil man mit dir so schön trinken kann und, wenn du genug getrunken hast, so gut reden kann über alles, was einem das Leben so über die Leber schickt. Wenn man jung ist, gibt es eine Menge Freunde oder auch Gestalten, mit denen man abhängt. Es fällt einem nicht schwer, weil man immer wegen irgendwas abhängt, man zieht zusammen ein Ding durch und sei es auch nur das gemeinsame Erwachsenwerden oder das kollektive Saufenlernen. Später wird das schwerer, weil jeder sein Privathaus einrichtet und die gemeinsamen Dinge weniger werden, zwangsläufig. Auf einmal erfordert es Energie, die Freundschaften zu pflegen, in die Städte zu reisen, wo die anderen studieren und / oder ihre Kinder großziehen. Sie reden am Biertisch vor allem über sich oder dich, wo früher die Musik oder ein Film wichtig waren. 100 Kilometer entfernt von daheim ist eines von zwei Themen: du. War das den Weg wert? Man verträgt mehr Bier als früher, bereut es dafür aber länger und erbärmlicher, was einen wesentlichen Nachteil des menschlichen Körpers darstellt, in dem man steckt von der Plazenta bis zur Verwesung. Sollte ein Designer in naher oder ferner Zukunft am Reißbrett den perfekten Menschen konstruieren und auch bauen, sollte er die Katertoleranz ganz oben in die Liste der unbedingt zu optimierenden Eigenschaften aufnehmen.

Wegen der Freunde hatte Birne eine Zeitlang ein gewisses schlechtes Gewissen gehabt und viel geschrieben und telefoniert zur Aufrechterhaltung des Kontakts. Diese Zeitlang war auch bestimmt durch eine nicht zu verleugnende Einsamkeit in Birnes Dasein als Neuankömmling in ein paar Städten, in die es ihn verschlagen hatte. Und es stimmt zweifellos, dass es ohne Birnes Netzwerken kein Aufeinandertreffen von ihm und Katharina gegeben hätte. Und es stimmt nicht weniger zweifellos, dass dieses Aufeinandertreffen das Beste war, was Birne in seinem durchaus mittelmäßigen Leben passiert war – bis dahin.

POSTSUIZID

Der dicke Kritiker empfing Tanja im Kimono. Sein mit Pflastern notdürftig repariertes Gesicht blickte müde auf sie. Er schob eine beträchtliche Fahne vor sich her.

»Sie sind von der Polizei, ja?«

»Ich möchte Ihnen ein paar Fragen stellen.«

»Natürlich. Wenn ich zwischendrin einschlafe, versuchen Sie leise zu gehen.«

Er führte sie in sein Arbeitszimmer, wo sich Bücher auf dem Boden stapelten, es gab keinen nicht von Papier bedeckten Fleck in dem Raum. Schultzberg streifte ein paar Programmhefte von einem Stuhl und bot ihn Tanja an, sie musste sich aufrecht und steif drauf setzen, um nicht Schriftstücke mir Straßenschmutz zu versauen.

»Warum wollten Sie sich umbringen?«, begann Tanja direkt.

»Ich bin so müde, ich werde diese Müdigkeit gar nicht mehr los, es ist zum Verzweifeln. Deswegen muss der hier weg aus der Welt.«

»In letzter Zeit hat es ein paar gute Freunde von ihnen erwischt: Heinz, Franzbein. Sie sind nicht alle auf natürliche Weise gestorben.«

»Ich bin so traurig. Die Guten gehen, mit dem Rest soll ich allein zurückbleiben?«

»Hatten Sie Angst, dass man Ihnen etwas antut?«

»Wäre jetzt albern zu behaupten, dass man als Kritiker keine Feinde hat. Ich kann Ihnen aus dem Stegreif ein paar Dutzend nennen. Ich kann mir nur nicht vorstellen, dass die ernsthaft angreifen. Wir spielen miteinander, man darf das nicht zu ernst nehmen. Wenn die meinen, mit ihrer Kunst an die Öffentlichkeit zu gehen, müssen sie mich ertragen. Ich bin keiner dieser inkompetenten Mauler, die am Tag nach jeder Premiere wie Pilze aus dem Boden ploppen. Ich vernichte ein Lebenswerk mit einem Satz, der in 400.000 Kopien am nächsten Tag an den Kiosken liegt. Wenn ich es nicht mache, bin ich wie ein Polizist, der nicht Verbrecher jagt, sondern Blumenbeete anlegt in seiner Arbeitszeit.«

»Wer könnte Ihnen denn konkret an die Gurgel wollen?«

Schultzberg überlegte nicht. »Na, der Albert Neun, natürlich. Lesen Sie keine Zeitung?«

»Hat er Sie bedroht?«

»Ich bin nicht gesprungen, weil mich jemand umbringen wollte.«

»Wie hat sich Neun Ihnen gegenüber geäußert?«

»Der redet überhaupt kein Wort mit mir.«

»Sie waren gut mit Franzbein befreundet. Sie sind im Theater ein- und ausgegangen.«

»Der Neun hat das gehasst. Der kommt in dem Laden nicht gut an. Seit er da ist, kriselt es da unten. Der meint, hier Staatstheaterverhältnisse einführen und in der Bundesliga mitspielen zu können.«

»Es kommt an beim Publikum. Stört Sie, dass Ihre Meinung nicht mehr in der Lage ist, das Haus zu füllen oder leer zu lassen?«

»Niemals, das ist mir egal.«

»Es ist ein Spiel. Wer verliert, braucht sich nicht aufzuregen.«

»Genau.«

»Sie verheimlichen mir etwas.«

Schultzberg wurde rot im Gesicht. Er stammelte. »Selbstverständlich verheimliche ich Ihnen was. Ich komme gar nicht auf die Idee, Ihnen hier mein Inneres auszubreiten. Sie verstehen das nicht, was da vorgeht. Wenn Sie sich einmal ernsthaft für einen interessieren würden und nicht nur für den Dreck, den einer am Stecken hat.«

MOLKEREI

Sie durchfuhren das katholische Herz der Gegend, Birne suchte griesgrämig nach einem Radiosender, der ihn nicht traurig oder wahnsinnig werden ließ und war nicht erfolgreich. Traurig und wahnsinnig nahm er wahr, wie Katharina von der Bundesstraße abbog und eine Straße empor fuhr, die sie zum Werkverkauf einer berühmten Molkerei brachte. In Kürze würden sie Unsummen sparen durch den Erwerb von Joghurts zu Preisen, wie sie sich auf dieser Erde kein Supermarkt leisten konnte. Birne freute sich aufs Joghurtfressen die kommenden Wochen. Diese Molkerei wirbt gern mit ihrer Herkunft aus dem Allgäu. Hier war aber kein Allgäu, beim besten Willen nicht, wobei sich das Allgäu nach vorne fraß in die Welt. Vor 200 Jahren war es kaum mehr als ein paar Käffer, inzwischen bezeichnen sich sogar Mindelheimer und Memminger als Allgäuer, ohne dass sie dafür ausgelacht werden. Allgäuer halten sich nicht nur für bessere Menschen, sie werden auch außerhalb der Region für bessere Menschen gehalten und das wahrscheinlich nur, weil sie in der angeblich schönsten Landschaft der Welt lebten und diese Landschaft diese urigen, originalen Typen formte. Bei denen hat ein Auswärtiger, berichtet das Gerücht, zuerst gar keine Chance, wenn er sich aber hinsitzt und zuhört und selten was sagt, dann knackt er diese Wesen und er hat eine unsterbliche Freundschaft geschlossen. Wegen dieser Ursprünglichkeit will jeder Allgäuer sein, zumindest von da kommen oder seine Milch von da haben, wo die vermeintlich glücklichsten Kühe der Welt grasen. Deswegen warb diese Molkerei mit dem Allgäu und für jemanden im Norden war das auch okay, für die war das da unten eh alles ein grauer Fleck, wo man lustig redete und glückliche Kühe in Bergen hält. Birne wusste, dass daran weniger Wahrheit war als selbst die hier ahnten, die auch alle zum Allgäu gehören wollten, die man noch nicht dazugehören ließ, aber eventuell bald, wenn es sich genügend lohnte. Birne hatte im Herzen des Allgäus gewohnt, die Landschaft war in Ordnung, aber die Menschen, so wie überall, bestimmt nicht besser, gemütlicher, uriger. Nein, dort wo er seinen Finger reingehalten hat, musste er in dreckiger brauner Soße rühren, da stank es dermaßen nach Scheißdreck, dass keinem halbwegs olfaktorisch Fitten noch ein Glas Milchprodukt geschmeckt hätte.

Sie trugen eben schwere Paletten fruchtigen Joghurts in den Kofferraum; zum Glück war das Wetter bescheiden, mal wieder für die Jahreszeit zu kühl, so dass sie nicht das Verderben der Ware fürchten mussten bis zu ihrer Rückkehr in die schwäbische Bezirkshauptstadt.

»Hast du Jakob angerufen?«, frage Katharina vom Fahrersitz aus.

Birne studierte das Etikett eines Milchdrinks, er antwortete: »Wieso soll ich Jakob anrufen?«

»Er hat uns ein paar Mal angerufen.«

»Der will wieder Geld, das pressiert nicht. Der soll lernen, sich selbst zu versorgen.«

»Ich glaube nicht, dass der sich traut, dich noch mal um Geld zu bitten. Da geht's um was anderes.«

Birne schwieg.

»Ich finde es zum Beispiel nicht gut, dass du ihn nicht zum Trauzeugen machen willst. Mir kommt dieser Trimalchio komisch vor. Willst du dir das nicht noch mal überlegen?«

»Ich habe es ihm versprochen.«

»Ihr hattet beide weit über zweieinhalb Promille, geschätzt, als du das ausgemacht hast. Er hätte sich niemals daran erinnert.«

»Ich habe es vergessen – er hat mich daran erinnert.«

»Trotzdem.«

Sie hatten sich schöne Barockkirchen auf dem Land angeschaut, worin es sich gut heiraten ließe. Es waren alles schöne Barockkirchen auf dem Land gewesen, in denen sich gut heiraten ließ. Birne hatte keine Meinung mehr nach diesem Ausflug. Dieser Bananendrink schmeckte überhaupt nicht nach Banane. Künstlicher Bananengeschmack ist etwas ganz Einzigartiges in der Welt, nichts schmeckt gleich, und wenn man ihn nicht zu oft hat, ist er nicht schlecht.

»Ich weiß nicht mal, ob ich ihn einladen soll.«

»Er ist dein Bruder!«

»Er nervt mich, er säuft nicht mal. Wenn er nicht saufen will, hat er auf meiner Hochzeit nichts verloren.«

»Ich will nicht, dass unsere Hochzeit ein einziges Saufgelage wird. Ich will, dass du dich zusammennimmst. Wenigstens einmal, wenigstens für mich.«

Birne sagte nichts, er widersprach auch nicht.

»Wir sollten alle mal an einen Tisch holen, wir und die Trauzeugen, und besprechen, wer welche Aufgaben übernehmen könnte.«

»Du, bei mir ist das in nächster Zeit ganz schlecht, ich bin beruflich so drin. Solange wir den Lugner noch nicht haben, wird daraus wahrscheinlich nichts.«

SÜNDENREVIER

Er schlurfte an den Kaffeeautomaten gebeugten Kopfs und schaute kurz links und rechts, ob auch niemand beobachtete, wie er die Allgemeinheit seiner Kollegenschaft in diesem Haus um 20 Cent für den braunen Saft betrog, der den verdächtigen Geschmack nicht mehr los wurde, seit jemand – schon vor Jahren – in seiner Tasse Schimmel bemerkt hatte, Schimmel, der mit der Brühe in die Tasse geflossen war, weil sich nie jemand für das Putzen zuständig fühlte – bis dahin. Trimalchio bezahlte dieses Gesöff nicht mehr, seitdem nicht mehr, und er putzte die Maschine auch nicht, auch nicht wenn er dazu eingeteilt war, aber er brauchte das Koffein für den Kopf, den gebeugten. Ohne das Koffein hätten die anderen unter seinem Kopf gelitten, dafür hätte er gesorgt.

Tanja. Sie schmiss einen Euro hinein. Sie drehte sich zur Maschine während des Mahlens und Brühens und geheimnisvolle Geräusche Produzierens durch die Maschine. Sie hatte ihn leise gegrüßt. Sie genierte sich allein in seiner Gegenwart in Pausen, wenn sie nichts Geschäftliches miteinander hatten.

»Na?« Trimalchio hatte vor sich auf dem Brotzeittisch eine Schachtel Marlboro und eine liegengelassene Bild-Zeitung liegen. Seine Hand ruhte unabsichtlich auf den Brüsten der Frau auf Seite eins: Einsame angehende Fachärztin, der in ihrem Krankenhaus die Nachtschichten lang werden und die ganz gierig aufzuckt, wenn die rote Nachtlampe vom Problem im Krankenlager kündet. Krepierender Rentner oder der verletzte Fußballer, den eine Phantasie wachhält?

Trimalchios Locken standen wirr, fast verwahrlost in der Luft herum und in die Ringe um seine Augen hätte man eine grandiose Halfpipe betonieren können für die Jugend. Er lehnte sich zurück in seinen Stuhl, wies ihr den Platz gegenüber zu und machte die Zeitung frei. Sie zögerte, das Angebot anzunehmen, fand aber dann keinen Vorwand, schnell zu verschwinden, und setzte sich.

»Den Schock verdaut?« Er lachte, weil er es für einen guten Einstieg hielt. »In 20 Jahren wird das noch unsere größte gemeinsame Geschichte sein auf den Weihnachtsfeiern. Wetten?«

»Wenigstens wäre dann nichts Schlimmeres mehr dazu gekommen.«

Trimalchio schlürfte und süffisierte dann weiter: »Die trauen sich heute nichts mehr. Unsere Zeit ist so gschamig. Verstehst du gschamig?«

»Natürlich.«

»Aber du bist es nicht. Oder?«

»Was wenn?«

»Dann stoppe ich an dieser Stelle unser Gespräch und rede kein Wort weiter.« Er hatte sie zum ersten Mal zum Lachen gebracht, Wind kam in seine Segel. »Eine Zeitlang – und insgesamt ist das gar nicht so lange her – konnten wir in keine Wohnung eindringen, ohne nicht ein, zwei bumsende Pärchen aufzuschrecken, eine Zeitlang hätten wir auch selbst mitmachen können, so selbstverständlich war das, da rammelten sie überall. Auch hier in der Inspektion ging's rund. Leck mich. Jede mit jedem, fast. Heutzutage ist man so prüde. Findest du nicht?«

Tanja hatte ihr Kinn aufgestützt und hörte ihm unbewegt zu.

»Ich hatte eine Kollegin, eigentlich die Tippse von meinem damaligen Chef – im Allgäu war das noch – mit der bin ich in jeder Kaffeepause auf die Toilette, kurz, Kleinigkeit erledigen. Problem war nur, dass mein Chef damals abartig auf sie stand, dem ist die Frau davon damals und der hätte dringend Ablenkung gebraucht und die Frau wäre ihm gerade recht gewesen, aber der war das zuviel, Freund daheim und mich dazu noch in der Arbeit. Ein Dritter wäre Stress geworden. Wir also sauber auf der Herrentoilette, sie mein Stück zwischen den Lippen, hören wir beide, wie die Nachbarkabine besetzt wird. Kein Mucks mehr ab dem Moment ist angesagt. Der nebenan zieht seine eigene Hose runter, platziert sich, furzt und lässt dann eine hellbraune Flüssigkeit – ich schwöre dir, dass wir die Farbe gerochen haben, das war Bierschiss – in die Schüssel spritzen. Und im Augenblick der maximalen Erleichterung entfährt ihm ein kleines Stöhnen, das keiner wahrgenommen hätte außer denjenigen, die das Maul halten und jedes Geräusch belauschen in diesem Raum der Stille. Und wir hören es und wissen, dass der nebenan ausgerechnet der ist, der uns am wenigsten in dieser Position erwischen sollte, außer uns machte aus einer Laune der Natur plötzlich der Ärger mehr Spaß als das Vergnügen. Das Adrenalin schoss mir ins Blut und sorgte erst mal dafür, dass die Angelegenheit in den Leisten beendet wurde. Meine Partnerin verschluckte sich an dem unerwarteten Schwall, der sich in ihre Kehle ergoss, unterdrückte ein Husten und verbiss sich versehentlich in meiner Vorhaut, so dass auch ich nun etwas zu unterdrücken hatte: einen Schmerzensschrei. Es gelang uns nicht perfekt, gebe ich zu. Der Nebenscheißer unterbrach einen Wind, der ihm aus dem Darm pfiff und legte sein linkes Ohr an die Wand, er wollte genau wissen, was da vor sich ging. Ich reagierte geistesgegenwärtig, riss Papier ab, wischte mir den Arsch und sagte beiläufig: So. Damit mein Chef meine Stimme hören konnte. Ich wischte mir noch sieben mal den Arsch und einmal den Penis, verließ die Kabine, die Kollegin zurücklassend, wusch mir die Hände und war irgendwie draußen. Mir gelang es sogar, im Lauf des Tages den Vorfall so weit zu verdrängen, dass er mir erst wieder in den Sinn kam, als ich den leicht, nur durch millimetergroße Verunreinigungen versauten Kragen der Sekretärin wahrnahm. Ich weiß bis heute nicht, was passiert ist, nachdem ich draußen war. So war das.«

Tanja hatte ihm zuerst verunsichert, dann aber zunehmend amüsiert zugehört, so dass er seinerseits verunsichert nachfragen musste: »Gibt es bei dir eine ähnliche Geschichte?«

Sie unterbrach ihr Lachen. »Natürlich. Ständig. Ich weiß nur nicht, ob ich sie dir erzählen kann. Du verstehst alles immer so falsch. Außerdem muss ich was schaffen, ich wäre gern nur zum Vergnügen hier.«

Patschig dackelte er auf und ihr hinterher. Es half nichts gegen den Verdacht: Alle hier hatten schon gefickt, nur er nicht.

TOUR

»Ich wusste nicht, wen ich noch einladen sollte; ich kenne keine Freunde von dir, ich weiß überhaupt nichts von dir.«

»Danke«, sagte Birne und nahm Trimalchio einen der beiden Jägermeister ab.

Der Tag war schön gewesen, sie schauten auf den Sonnenuntergang an der Wertach, beim Kiosk »Sonnenglück«, dem schönsten in einer Reihe von schönen Trinkstationen entlang des Flusses.

»Wenn es kalt wird nachher, darfst du dir aussuchen, wohin wir gehen.«

»Ganz lieb.« Birne stieß an.

An Trimalchios Junggesellenabschied kannten sich die beiden noch nicht. Trimalchio hatte sich gewehrt, ein Hasenkostüm anzuziehen, doch es standen 25 seiner Freunde bereit, ihm hineinzuhelfen. Trimalchio brachten sie gegen eins im Kostüm nach Hause und zogen dann noch weiter und erlebten nach einhelligem Bekunden eine prima Nacht, wenn auch nicht unvergesslich für die meisten Beteiligten. Inzwischen lag Trimalchios Ehe in Scherben, er war der letzte, der daraus ein Geheimnis machte. Er hatte sich sehr bemüht, aber es half nichts.

»Weißt du, für mich ist sie immer noch die geilste Frau des Universums und wenn wir nicht geheiratet hätten, dann wären wir wahrscheinlich immer noch das glücklichste Paar des Universums. – Oh sorry, das hätte ich nicht sagen sollen.« Trimalchio trank Beck's im »Weißen Lamm«, wohin es sie gezogen hatte, Birne süßes Tegernseer: »Das passt schon. Sonst könnte ja keiner hinterher behaupten, er hätte nichts gesagt – vorher.«

»Bei mir haben es auf einmal alle schon von Anfang an gewusst, nur nichts gesagt, weil sie mich gekannt haben. Ich habe diese Freunde alle nicht mehr. Gott sei Dank.«

Sie kotzten zum ersten Mal vor der Tür des Rathauses. Es war kurz nach elf, Passanten waren noch unterwegs, sie schauten pikiert, dabei war Birne und Trimalchio gar nicht so schlecht, dass nichts mehr ging, sie wollten sich nur etwas erleichtern. Schließlich rauchten sie auch fest, davon kam die Übelkeit.

Trimalchio entschuldigte sich vielmals. »Ich hätte Katharina fragen sollen, die hätte doch gewusst, wen ich noch einladen hätte müssen. Scheiße, so ist das doch kein richtiger Abschied, wir müssen das wiederholen.«

»Passt schon«, beschwichtigte Birne und wischte sich mit einem Papiertaschentuch Speichelfäden vom Mund. »Ich brauche keine Freunde an so einem Abend. Hast du noch Hunger?«

Sie aßen Kebab in der Maxstraße. Birne hatte länger schon keinen mehr gehabt, länger auch schon keine Lust mehr verspürt auf Kebab, hatte schon mal zu viel erwischt; den hier, den er gerade zwischen seine Zähne schob, lobte er heftig, er wolle einen Strich ziehen mit diesem Sandwich und seine Fehler in der Vergangenheit abschließen und an die guten Zeiten anknüpfen, in denen er noch weitgehend unschuldig gewesen sei.

In der »Ganzen Bäckerei« waren sie nicht die Ältesten, das Bier billig und gut trinkbar, sie saßen fest und diskutierten über Musik. Trimalchio bestand darauf, dass seit den 80er Jahren nichts Wesentliches mehr geschehen sei und er auf eine einsame Insel nur ›Division Bell‹ von Pink Floyd mitnehmen müsste. Birne empörte sich über den langweiligen Geschmack seines Saufkollegen und behauptete, dass zehn Sekunden Timbaland mehr Witz besäßen als das komplette Genesis-Oeuvre. Im Hintergrund lief zum Spaß, nicht im Ernst, die ganze Zeit Manowar. Man lachte.

Der nächste Laden, das »Kreuzweise«, war wieder laut und ziemlich gut besucht. Trimalchio schaute sich um und bekam Lust auf Wodka, er bestellte Smirnov und Birne bemerkte, dass er langsamer werden musste, um nicht bald abbrechen zu müssen. Er ließ Trimalchio stehen und ging aufs Klo. Trimalchio war zufrieden damit zu schauen und seine Gedanken treiben zu lassen. Birne ließ ihn lang allein, es störte ihn nicht oder erst nach einer Weile, als sich der Durst zurückmeldete. Er trank ein kleines Bier und schaute dabei den Mädchen nach. Birne kam nicht. Er ging selbst aufs Klo und nicht weit davon sah er Birne, wie er sich mit zwei großen Männern unterhielt, Birne lachte, die zwei schauten skeptisch, Birne klopfte ihnen auf die Schulter und bot ihnen Zigaretten an, sie nahmen vorsichtig an. Trimalchio meinte, dass Birne kurz erschrak, als er ihn sah. Er ließ die Fremden eilig stehen und kam auf ihn zu.

»Ich habe Zigaretten gekauft – die erste Schachtel heute war schon leer. Kommst du kurz mit hoch?«

Ein kurzer Regenschauer ging nieder, während sie draußen standen. Sie schimpften auf das strenge bayerische Rauchergesetz, demnächst werde der letzte Rest Freiheit auch noch gekippt.

»Reden wir nicht von der Arbeit«, forderte Trimalchio. »Ich rauche jetzt. Wenn du von kleinen Kindern was lernen willst, dann dass sie alles immer absolut machen. Keine

Gedanken an Morgen oder Nachher. Ich rauche jetzt. Wer waren diese Typen vorhin? Sahen kriminell aus.«

»Bekannte. Sind wahrscheinlich kriminell, aber reden wir jetzt nicht davon.«

»Wer waren die?«

Birne war genervt. »Ein anderer Junggesellenabschied.«

»Sicher. Die sahen aber nicht lustig aus.«

»Lustig an sich ist so etwas auch nicht.«

»Du, Birne, wo warst du eigentlich versteckt die ganze Zeit?«

»Bei einem Kumpel.«

»Bei dem da vorhin?«

»Bei einem guten Kumpel von dem da vorhin.«

»Wieso sind die jetzt nicht dabei, wenn das deine richtigen Freunde sind?«

»Die wollten das nicht miterleben.«

»Was hast du getrieben, als du dort warst?«

»Eine Art Urlaub – und Dinge organisiert.«

»Was?«

»Geht dich nichts an.«

Um die Ecke bog Tanja. Birne und Trimalchio freuten sich, sie zu sehen. Sie war nicht allein: Eine unbekannte Freundin begleitete sie.

Tanja zögerte: »Hi. Was macht ihr hier?«

»Saufen«, war Trimalchios Antwort. »Und ihr?«

»Schauen, was los ist.«

»Ich zahl euch einen Schnaps.«

Birne nippte und kippte den restlichen Wodka weg. Trimalchio wollte alles von Tanjas Freundin wissen. Sie selbst und Birne saßen außen vor.

»Ist dein Junggesellenabschied«, erkannte sie.

»Ich habe nichts Lustiges an und ich verkaufe auch nichts.«

»Das macht dich sympathisch.«

»Wir sind nicht nach München gefahren.«

»Wie traurig.«

»Wir hätten euch nicht getroffen.«

»Wie schade.«

»Ich bin mit dir auch schon mal gerne ausgegangen.«

»Birne, das ist vorbei, darüber brauchen wir nicht zu reden.«

Birne holte seinen Arm hinter ihr hervor. Auf dem Heimweg eine Viertelstunde später, riss er sich zusammen und erbrach sich nicht mehr, obwohl er allein gewesen wäre. Er war jetzt da, wo er nie hingewollt hatte und es sah so aus, als gäbe es im Moment keine Alternative, die ihm das Leben einfach hinschmiss und die er sich packen konnte.

KÜCHE

Das Messer glitt tief ins Fleisch und zerteilte die Fasern. Die Zwiebelteile wurden in der Pfanne glasig vom Öl, das sie heiß umspülte. Die Finger tauchten ins Körperfett des toten Tieres und wurden geschmeidig und glitschig. Lugner weinte vom Zwiebelsaft.

»Die nehmen uns nicht ernst.« Schnitt ins Fleisch. »Wir müssen was unternehmen, damit die uns spüren, damit die merken, dass mit uns zu rechnen ist.« Die Fleischwürfel landeten im Topf, es zischte. Das Fleisch verbrannte. »Jetzt haben wir die Bombe schon gebaut, jetzt lassen wir sie auch hochgehen.« Lugner schraubte am Korken eines derben Rotweins. »Einen blöden Kantinenwirt in die Luft jagen – keiner redet mehr davon. Der Nächste, der explodiert, ist ein Kopf mit Rang und Namen.« Er inhalierte Rotweindampf, als er die Flasche in sein Gulasch kippte, selbst soff er auch noch was von dem roten Saft. »Der Bischof ist dran. Dem nehmen wir seinen besten Mann. Ihn selbst mag ich, so einen könnten wir brauchen, was mich an ihm stört, ist, dass er katholisch ist, ernsthaft, also beinahe so, dass er sich darauf hinausredet, wenn es drauf ankommt. Arschloch blödes. Also gut, dann platzt er eben.« Lugner schloss den Deckel, das Gulasch kochte, in eineinhalb Stunden konnte er sich einen Gichtanfall anfressen.

MITLEIDSTOUR

Sein Daumen wählte die Nummer, während er vor dem Haus stand, in dem sein Bruder mietete. Birne hörte sich das Anklingeln an und die Ansage der Mailbox. Er legte auf, ohne eine Nachricht zu hinterlassen. Er suchte in der Umgebung nach einer Bank, auf der er sich zum Warten niederlassen konnte. Er entdeckte eine Bäckerei, kaufte sich einen Kaffee und behielt den Eingang im Blick, nebenzu studierte er in einem Anzeigenblatt das Kinoprogramm. Noch ein Kaffee, noch ein Testanruf, noch einmal die Mailbox. Birne entdeckte eine Meldung, in der davon die Rede war, dass eine Frau, eine alte, ausgerutscht, das Bein gebrochen, nicht mehr hochgekommen, schließlich in der eigenen Wohnung verhungert sei. Der ausgehungerte Bowlefrüchtenascher Jakob, dachte sich Birne.

Ein riesiger, bärtiger Mann kam aus dem Haus, Birne betrachtete ihn und hätte weiter gelesen, wenn ihm nicht die Hand aufgefallen wäre: Sie hing unnatürlich steif an dem Menschen. Birne ließ seinen halben Kaffee zurück und stürzte sich auf den Kerl, packte ihn von hinten an der Schulter und drehte ihn um. Auge in Auge wusste er atemlos zuerst nichts zu sagen. Die Hand war eine Prothese.

Der Einhändige grinste: »Kennen wir uns?«

»Ich glaube nicht, ich habe Sie eben aus dem Haus kommen sehen, ich bin auf der Suche nach meinem Bruder, vielleicht kennen Sie den: Jakob …«

»Nein, Jakob kenne ich keinen«, unterbrach ihn der andere und grinste wieder, breiter. »Auf Wiedersehen.«

»Wohnen Sie da drin?«

»Nein.«

»Was haben Sie da gesucht?«

»Liebe.«

»Was ist mit Ihrer Hand passiert?«

»Sie hat versucht, Böses zu tun, da habe ich sie mir abgetrennt.«

Ohne sein Grinsen aufzugeben, befreite er sich aus Birnes Zugriff und setzte seinen Weg fort. Birne ging ihm nach in der Absicht, ihn aufzuhalten, ließ aber ab. Erst als er um die Ecke gebogen war, folgte er ihm. Unauffällige Beschattung.

Der Mann stieg in eine Straßenbahn, Birne hinterher, andere Tür. Viel los, sie mussten stehen. Der Mann grinste Birne an, er lockte ihn. Birne arbeitete sich zu ihm nach vorne. Die Straßenbahn hielt, Fahrgäste stiegen aus, stiegen ein, im letzten Moment, als die Tür sich schon schloss, schlüpfte der Verfolgte hinaus, Birne war darauf vorbereitet, stoppte die Tür mit seiner Hand, die öffnete sich langsam und Birne konnte raus. Der Einhändige stand da und wartete auf Birne. Er setzte sich in Bewegung, die Straßenbahn blieb stehen, der Fahrer sagte durch: »Bitte alle Fahrgäste aussteigen, unsere Tür lässt sich nicht mehr schließen, die Straßenbahn ist kaputt. Der Herr, was als letzter ausgestiegen ist, soll sich bitte bei mir melden.«

Birne meldete sich nicht, er ging schneller, weil der vor ihm auch beschleunigte. Sie bewegten sich in der Bahnhofstraße auf die Fußgängerzone zu. Viele Passanten standen im Weg, Birne hatte Probleme, Schritt zu halten. Die beiden in ihrer Eile fielen auf. Die Leute blieben stehen und schauten zu, was die miteinander hatten. An einer roten Fußgängerampel hätte Birne die Chance gehabt den anderen einzuholen. Es blieb ein schwarzer Mercedes stehen und ließ seinen Prothesenmann einsteigen. Birne merkte sich das Kennzeichen.

ZEUGENTREFFEN

Birne kam vom Klo und sah, dass der Kaffee getrunken war. Er ging in die Küche und machte neuen. Im Gelben Sack fand er ein benutztes Taschentuch, das da nicht hingehörte. Er trug es ins Badezimmer und spülte es hinunter. Der Kaffee war noch nicht durchgelaufen. Er wartete, bis der letzte Tropfen in der Kanne war und kehrte ins Wohnzimmer zurück. Katharina und Anna saßen dort, sie besprachen die Uhrzeiten zwischen den Gängen des Menüs, in denen es den Gästen erlaubt sein sollte, Einlagen aufzuführen. Es blieb nicht viel Zeit übrig, man musste das Einlagenprogramm begrenzen, nicht dass jeder meinte, er könne da spontan noch was hinlegen. Das musste auf der Einladung vermerkt werden, dass das geplant und bei den Trauzeugen angemeldet werden musste. Birne gähnte. Er schenkte sich nach. Koffein.

»Wo bleibt eigentlich dein Trauzeuge, der mit dem Namen, den ich mir nicht merken kann – Tri… äh, Tromilcho?«, wollte Anna wissen. Sie war die Trauzeugin Katharinas und nun hier, um die Details zu regeln.

»Trimalchio«, sagte Birne, und: »Ich weiß es nicht.«

Die Kirche war klar gemacht, auch die Wirtschaft, in der hinterher getanzt werden sollte. Die Musik hatte Anna organisiert: Eine Kapelle, in der ihr Bruder Schlagzeug spielte, die konnten auch modern, sagte sie. Die Kirche würde in Versperbild sein, dort, wo sich so Ungeheuerliches ereignet hatte unlängst. Trimalchio hatte Birne die Geschichte mit dem Prälaten erzählt, sie hatten sich beide amüsiert darüber. Die Welt ist klein, dazu kommt noch das Schicksal, das die sich zerfurchenden Bahnen, in denen sechs Milliarden Menschen spazieren jeden Tag, wieder ein bisschen gerade zieht. Den Pfarrer kannte Trimalchio auch noch von der Brotzeit, der konnte so gut predigen, das war schon mal ein Grund für ihn.

»Ich finde das schwierig«, beklagte sich Anna. »Wir haben doch diesen Termin gewählt, damit alle können. Und jetzt verspätet er sich. Das kann er doch im Beruf auch nicht machen.« Anna war bei der Bank, sie hatte neulich geheiratet und brachte von daher eine Menge Erfahrung mit, wofür ihr Katharina auch dankbar war.

»Clemens spielt Gitarre, der kann was spielen, wenn die Gäste zum Sektempfang einlaufen«, schlug Katharina vor.

Birne erwachte. »Wer hat gesagt, dass der eingeladen ist?«

»Das haben wir besprochen.«

»Natürlich haben wir das besprochen und ich war dagegen. Der kommt nicht.«

»Warum müssen wir diese Diskussionen immer und immer wieder führen? Warum können wir nicht einmal konstruktiv vorangehen?«

»Genau. Ihr könnt doch jetzt nicht mehr über die Gäste diskutieren«, half Anna Katharina.

»Hast du überhaupt eine Ahnung, was der Typ hier angerichtet hat?« Birne wurde laut.

Katharina stand auf. »Birne, mein Lieber, was hast du denn auf einmal? Wieso bist du so aggressiv?«

»Ich bin nicht aggressiv. Schließlich ist auch meine Hochzeit, da will ich wenigstens mitbestimmen, wer mit mir zum Altar schreitet.«

Auch Anna war den Tränen nahe. »Dann beteilige dich mal konstruktiv, du lässt uns hier die ganze Arbeit machen und dein Triomach taucht hier nicht mal auf. Ich will das nicht alles machen, da muss der schon auch was übernehmen.«

»Immer noch Trimalchio!«

»Egal, der soll auch was schaffen.«

»Jedenfalls kommt der Clemens nicht.«

Trimalchio kam. Er war aufgebracht, bat Birne, nachdem er in die Runde gegrüßt hatte, sich kurz mit ihm allein unterhalten zu dürfen.

»Was gibt's?«

»Erstens: Der Mercedes, in den der Typ, der aus Jakobs Haus kam, eingestiegen ist, gehört Lugner. Weißt du was von Jakob?«

»Er reagiert nicht auf meine Anrufe. Kann sein, dass er beleidigt ist.«

»Das wäre sicher die bessere Variante für uns.«

»Und zweitens?«

»Wir beobachten das Haus in Oberschöneberg durch deine Kamera, da schaut immer jemand rein, funktioniert toll, die Videoüberwachung. Und tatsächlich ist da im Moment jemand zu Hause. Ich habe gesagt, ich will da rein und mir das anschauen. Kommst du mit?«

»Natürlich.«

»Und die Hochzeitsdinge?«

»Besprechen wir im Auto.«

»War ein guter Abend, neulich, dein Junggesellenabschied. Leck mich.«

»Ja, danke, noch mal.«

»Ich denke, ich bin verliebt.«

»Freut mich, dass es sich für dich gelohnt hat.«

Trimalchio jagte die Bundesstraße aufs Land Richtung Westen, es gab hier einigen Verkehr aus der Stadt heraus. Trimalchio überholte sie alle.

»Tanja hat halt wieder blöd geschaut, als sie mal wieder allein dastand. Irgendwie ist sie auch selbst schuld, kann ich ihr auch nicht helfen«, sagte Trimalchio. »Der war knapp.«

»Haben wir da jemanden im Haus sitzen?«

»Nein. Wir wollten alles lassen, wie es ist und warten, bis Lugner zurückkehrt. Dann kassieren wir, haben wir gesagt.«

»Und jetzt ist er da.«

»Jetzt ist jemand da, den schauen wir zwei uns jetzt an. Wen rufst du an?«

»Ich versuche es noch mal bei Jakob.« Birne hörte wieder nur die Ansage der Mailbox. »Mailbox schon wieder.«

»Wieso ist dein Bruder nicht der Trauzeuge?«

»Wir haben uns lange nicht gesehen und wir streiten uns zu schnell.«

Sie bogen ab und fuhren durch den Ort, der ausgestorben dalag. Es war niemand auf der Straße bis auf ein paar Männer, die sich auf den Weg zu einer Übung der Freiwilligen Feuerwehr machten. Die schauten sich nach dem fremden Auto um.

Sie hielten vor Lugners Haus, darin und auch beim Nachbarn brannte Licht. Die Haustür stand angelehnt. Aus dem Innern hörten sie kein Geräusch. Leise gingen sie ins Haus. Der Hausgang war erleuchtet. Sie näherten sich dem Wohnzimmer, in dem die Bombe explodiert war. Als sie den Raum betraten, standen sie vor Mike, den Birne als den Mann kannte, der in Jakobs Haus war und nur eine Hand hatte. Die zweite hatte er hier in diesem Wohnzimmer hinter dem Heizkörper hervorgefischt. Mike hatte sie erwartet. Statt einer Begrüßung schoss er mit einer Pistole auf Birne und Trimalchio aus einer Entfernung von vier Metern, dann lachte er theatralisch dreckig auf. Alles ging so schnell, dass der Schock keine Gelegenheit fand, in Birnes und Trimalchios Glieder zu fahren. Die Kugel war zwischen ihnen im Türstock gelandet. Trimalchio warf sich auf Mike, riss ihm den Arm mit der Waffe nach oben und schmiss ihn selbst zu Boden. Mike hörte nicht auf zu lachen. Hörte auch nicht auf, als Trimalchio ihn auf den Bauch drehte, Handschellen an die eine ihm verbliebene Hand anlegte und ihn am Heizkörper festkettete. Hörte erst auf, als er ihm das Gesicht aus 40 Zentimeter Höhe auf den Boden knallen ließ, um ihn endlich zum Schweigen zu bringen.

Er schwieg nicht lang. »Ihr Arschlöcher. Das hätte es nicht gebraucht.«

Birne kniete sich neben ihn und blickte ihn lange an. Mike fuhr fort: »Jetzt seid ihr hier. Habt ihr mich erwartet? Nein? Ich bin auch nicht da, wo irgendwas passiert. Ich bin nur hier, damit ihr hier seid und nicht dort, wo irgendwas passiert.«

»Was hast du mit Jakob gemacht?«

Mike konnte schon wieder lachen. »Nichts, eben das ist ja der Witz. Alles, was mit Jakob geschieht, passiert jetzt, und nicht hier, sondern verdammt weit weg von hier. Wärt ihr nur nicht hierher gefahren, ihr Polizisten, dann könnte unser Jakob noch ein bisschen länger leben als nur die nächste Viertelstunde.«

PROBE

Jakob gähnte. Ob alles in Ordnung sei mit ihm, interessierte Moni. Mit Jakob war alles in Ordnung. Er ging nur mal eben nach draußen, um Luft zu schnappen. Er stellte sich auf den Balkon des Stadttheaters und rauchte. Er begleitete Moni jeden Tag zu den Proben für ihr Stück und bewunderte ihre Geduld mit den Jugendlichen. Und auch die der Jugendlichen selbst, jede Szene immer wieder zu wiederholen, bis es gut war. Jakob empfand diese Arbeit als sehr zäh, aber er war gern bei Moni und er rauchte viel in letzter Zeit. Er hatte der Zeitung mit dem Anwalt gedroht und keine 20 Minuten später war das ausstehende Geld an ihn überwiesen worden und er war gleichzeitig seinen Job als freier Schreiber für dieses Blatt los. Vertrauen hilft nichts, nur der Anwalt hat einen Wert. Jakob hatte keinen Anwalt an der Hand, es war nur das Wort.

Oliver war auch dabei, sie hatten ihn entlassen, weil kein dringender Tatverdacht gegen ihn vorlag. Der Messerangriff auf Arne war erfolgreich unter den Teppich gekehrt worden. Jakob versuchte einmal, ihn zu grüßen, woraufhin der Junge sich demonstrativ wegdrehte. Seitdem waren sie beide auf den Proben anwesend und hatten mehr nicht miteinander zu tun. Jakob erkannte durchaus, dass Oliver Talent hatte und zudem Ambitionen.

Von hier oben hatte man einen tollen Überblick. Er sah von hier aus auf der Straße Tanja gehen, Birnes Kollegin, die so besorgt war, als er weg war. Und Jakob war auch besorgt gewesen, doch inzwischen war es ihm egal. Birne würde bald heiraten, er war eingeladen, würde aber nicht hingehen.

Weil ihm der Tabak so schmeckte, steckte er sich eine zweite an, inhalierte tief. Er würde sich was Neues suchen, vielleicht auch in einer anderen Stadt. Moni musste auch nicht hier bleiben, sie hatte auch Talent, sie konnten ihren Weg ein Stück weitergehen, gemeinsam. Jakob als Vater, konnte er sich vorstellen. Er wollte auch mal was Längeres schreiben, eventuell eine Doktorarbeit in Angriff nehmen oder einen Roman schreiben oder eine dramatische Vorlage für Moni.

Jakob ging wieder runter, marschierte in Richtung Probebühne und hörte auf einmal Geschrei. Er hielt inne, um den Ursprung des Tumults herauszufinden.

»Stehen bleiben«, schrie eine Frauenstimme. Rennende Schritte. Jemand kam auf ihn zu: Es war Oliver mit einem Grinsen im Gesicht und einer Flasche in der Hand. Jakob rannte nun auch. Davon. Er schrie, Oliver schrie, die Frau, die Tanja war, schrie. Vor Jakob stand plötzlich Albert Neun, sprachlos über das, was auf ihn zu kam. Jakob stolperte, taumelte und ließ sich in Herrn Neun fallen. Sie stürzten zu Boden und über ihnen explodierte es laut. Jakob spürte ein Brennen im Rücken, die Haut warf Blasen, das Trommelfell litt, er blieb bei Bewusstsein. Der Knall hallte nach im engen Gang, danach war es unendlich still, abgesehen vom Pfeifen im Ohr. Irgendetwas war kaputtgegangen.

Albert Neun, der unter Jakob lag, bewegte sich als erster und sagte: »Scheiße.«

Birne hatte Tanja losgeschickt, weil er selbst in Oberschöneberg festsaß. Aber er kam bald dazu, zusammen mit Trimalchio. Der Personenschaden hielt sich in Grenzen. Oliver hatte ein paar böse Schrammen abbekommen und musste mit dem Notarzt mit. Die anderen sollten auch mal nachschauen lassen, wenn das Pfeifen im Ohr nicht wegging. Albert Neun tobte über den Saustall, der an seinem Haus aufgeführt wurde, angeblich wusste er nichts über den Aufenthaltsort von Lugner, ebenso wenig wie Oliver und Mike. Lange Verhöre ergaben nur: Sie waren von einem jungen Herrn, der aus einem Mercedes stieg, instruiert, ausgestattet und alleingelassen worden. Der Tatsache, dass sie nun wegen versuchten Mordes angeklagt würden, begegneten Oliver und Mike gelassen. Lugner würde sie da rausholen, er habe Verbindungen zu den höchsten Kreisen, am Ende lache immer er.

Trimalchio verstand das nicht. »Bis jetzt wissen wir nur, dass er explosive Mischungen im Keller herstellen kann und damit Leute wegsprengt. Abgesehen davon kommt er mir völlig harmlos vor.«

»Immerhin schafft er es, jede Spur von sich zu verwischen. Vielleicht hilft ihm doch jemand.«

»Das ist keine Kunst. Früher oder später haben wir ihn.«

»Es ist keine große Kunst, wenn niemand ernsthaft nach dir sucht.«

GNADENKAPELLE

Birne wirkte erstaunlich gelassen nach der Anspannung der letzten Tage. Er begrüßte die Freunde mit Umarmungen und Küssen auf die Wange. »Schön, dass ihr gekommen seid.«

Jakob stand stolz neben seiner Moni, deren Bauch sich unübersehbar wölbte, er strich darüber, jedes Mal, wenn ihn einer der Freunde darauf ansprach. Einer beklagte sich darüber, dass es in der Hitze nichts zu saufen gebe. Birne überhörte das demonstrativ. Zuerst musste man in die Kirche. Trimalchio war mit Tanja gekommen, er schaute müde, sie ernst drein. Erst als Birne sie in den engen Kreis zog, kroch ein Lächeln über sie.

Beim Gottesdienst waren nicht nur Bekannte und Kollegen, auch Fremde, die zufällig reinschauten oder die die Neugier trieb oder Fans des Pfarrers. Der holte groß aus, sprach von der Bestimmung, die Mann und Frau von Gott füreinander bekommen hatten.

»Modern ist alles in unserer Zeit. Aber was ist modern? 30 Dinge gleichzeitig anzufangen, sich aber auf nichts mehr richtig einzulassen, am wenigsten auf unseren Nachbarn, unseren Nächsten, der ja der Wichtigste ist nach Jesu Wort. Ich lade euch ein, Brüder und Schwestern, einmal von allem loszulassen, was uns drückt, was uns bevorsteht – morgen, die kommende Woche, in diesem Jahr – und uns nur einen Augenblick einzulassen auf das Hier und das Jetzt, auf die Menschen, die hier sind, auf dieses Paar, das sich hier eingefunden hat, um sich vor Gott einander zu schenken. Und wenn es uns gelingt, diesen Augenblick bewusst zu leben und als den einzigen Augenblick, der zählt, dann verspreche ich euch, dass das der kostbarste Augenblick sein wird. Und nur in diesem einen Augenblick erfahren wir Gottes Nähe und Unendlichkeit, wenn wir es zulassen gegen den Strom der Zeit, der uns schon morgen wieder mit sich reißen will. Seht die Kinder, denen das gelingt wie keinem von uns. Sie sind, so sagte Jesus, dem Himmelreich näher als wir. Lernt von den Kindern, die Gott euch schenken wird. Amen.«

Es folgte eine von wenigen Hustern und Schneuzern unterbrochene Stille, nach der der Pfarrer anhob, um das Glaubensbekenntnis zu beginnen. In diese Stille flog von der Empore nach vorne eine ziemlich gut gezielte Flasche auf den Geistlichen. Sie traf den Prediger und dieser zerplatzte in tausend die versammelte Gemeinde besudelnde Teile. Die Gemeinde mit Ausnahme von Birne drehte sich um, als hinter ihnen Gelächter zu hören war. Da stand Lugner in all seiner Breite und in Begleitung seines helfenden Knaben und schrie: »Birne, du Schweinemann, wo immer du hingehst, was immer du vorhast, ich werde vorher da sein und alles kaputt machen.«

Die Braut weinte.

Birne blickte nach oben und sah dort die Statue der Mutter Maria. Ihr liefen dunkle, blutrote Tränen über die Wange. Birne fiel auf die Knie vor sie hin, er beugte den Kopf und weinte.

»Verzeih«, sagte er. »Ich habe alles falsch gemacht. Ich will bereuen. Nimm mich, erschlag mich, nur lass mich nicht leben mit dieser Schuld. Ich bin klein, du hast mich in die Irre gehen lassen, führ mich wieder ans Licht.«

Von außen fanden die Strahlen der Sonne den Weg in den Kirchenraum und erhellten alle Anwesenden. Lugner stieß ein ersticktes Stöhnen aus und brach dann zusammen, sein

Gehilfe konnte ihn im letzten Moment stützen, ansonsten wäre er nach unten gestürzt. Die Versammelten sahen es und staunten.

Lugner konnte nicht sofort verhaftet werden, er musste mit einem Notarzt abtransportiert werden. Er hatte einen Schlaganfall erlitten, er war gelähmt, ob er wieder sprechen, gehen oder gar verhandlungsfähig werden würde, war selbst nach Wochen noch nicht klar.

Birnes Trauung wurde an diesem Tag nicht mehr vollzogen, war vorerst verschoben. Die Festgäste fuhren getrennt nach Augsburg zurück, trafen sich aber noch beim Kiosk »Sonnenglück«, um den Schock hinunter zu spülen. Birne kam nicht mehr mit. Er legte sich daheim hin und schlief 20 Stunden. Für Katharina und ihn waren die folgenden Tage nicht einfach, sie fanden lange keine Worte, um miteinander über das Vorgefallene zu reden. Erst allmählich fanden sie wieder zueinander, wagten es aber vorerst nicht, über ihre Zukunft zu sprechen. Sie richteten sich zusammen ein in einem Zustand, über den sie nicht nachdachten. Sie brauchten sich und fürchteten doch diese Angewiesenheit auf den anderen.

STELLUNGNAHME

Birne bot Kaffee an, der stinkende Reporter nahm gern an. Fett schnaufend ließ er sich auf den Stuhl fallen, holte schwerfällig sein Diktiergerät aus seinem Rucksack, faltete einen Zettel, auf dem er seine Fragen notiert hatte, auseinander.

»Also.«

»Mein Bruder schreibt auch für die Zeitung, er heißt Jakob. Kennen Sie den?«

Gierig wanderte der Blick des Reporters der Kaffeetasse hinterher, die Birne herantrug. Er kannte Jakob nicht, hatte den Namen aber schon mal gelesen und sich gefragt, wie die beiden wohl zusammenhingen.

»Ich kenne Ihren Bruder nicht, tut mir leid. Herr Birne, Sie machen so einen unternehmungsfreudigen, lebenslustigen Eindruck. Wenn man in Ihre Biographie blickt, sieht man, was Sie alles in Ihrem jungen Alter erreicht haben! Wo ist denn Birne in zehn Jahren?«

»Ich freue mich, dass Sie mich das fragen, denn das gibt mir endlich die Gelegenheit, über meine Ängste zu sprechen.«

»Birne hat Ängste? Ja, das glaube ich doch nicht.«

»Doch, doch. Manchmal denke ich mir, ich bin nicht mehr als ein Bündel Ängste, was mich und mein Handeln ausmacht, ist zu 83 Prozent von Angst bestimmt und nur der kleine Rest – 17 Prozent – ist freier Wille oder was auch immer, das heißt, man müsste noch die Lust auf Sex abziehen, nicht allerdings die Angst, keinen abzubekommen, die zähle ich zu den 83 Prozent oder noch besser: Sie macht einen wesentlichen Teil meiner Angst aus, ein kleiner Rest ist Sterbeangst.«

»Aber dann kommen Sie ja gar nicht mehr dazu, frei zu handeln.«

»Früher habe ich geglaubt, ich könne mich für irgendetwas entscheiden und ich habe geglaubt, ich müsste mir diesen Zustand der täglich tausend neuen Möglichkeiten bewahren. Inzwischen merke ich, dass das eine Illusion ist. Das, was ich täglich entscheiden kann, sind ein, zwei Kleinigkeiten, die auf mein Leben in Wirklichkeit keinen Einfluss haben. Die großen Weichenstellungen nehme ich nicht vor, nur früher habe ich mir eingebildet, ich sei das. Aber in Wirklichkeit ist alles so hohl und verlogen und je länger man sich mit einer Sache beschäftigt, desto lächerlicher erscheint sie mir. Das gilt für den Beruf genauso wie für Menschen.«

»Das klingt alles sehr deprimierend. Wie kommt es, dass Sie nicht in dieser Zimmerecke liegen und den Tag hindurch wimmern?«

»Ich habe zu Gott gefunden. Nicht zuletzt durch die Hilfe meines Bruders.«

»Und was bedeutet das konkret für Sie?«

»Das weiß ich noch nicht, aber jetzt bin ich mir sicher, dass nichts geschieht hier unten ohne den Willen Gottes, dass nichts sinnlos ist, auch wenn es uns so erscheint, weil Gott plant und lenkt und wir erst Zeit brauchen, um diesen Plan zu erkennen und zu verstehen. Und bis wir ihn verstanden haben, hilft uns der Glaube und das Vertrauen, und vor allem die Liebe. Alles, was ich im Moment sicher über mich sagen kann, ist: Ich liebe. Und als ich noch nicht geliebt habe, war alles falsch, was ich getan habe.«

ENDE

WILLIBALD SPATZ

Alpenlust

226 Seiten, Paperback.
ISBN 978-3-8392-1063-5.

BIRNE GEHT SEINEN WEG Das mörderische Allgäu hat Birne, Anfang dreißig, erfolgreich hinter sich gelassen. Seine neue Heimat heißt Augsburg, wo er als frisch gebackener Polizist direkt im Dickicht des Großstadtdschungels stecken zu bleiben droht.

Doch weder vermeintliche Bombenleger und durchgeknallte Polizisten, noch übereifrige Rentner und liebestolle Frauen können seinem unerschütterlichen Optimismus etwas anhaben. Birne geht seinen Weg – und wenn es sein muss, auch über Leichen …

WILLIBALD SPATZ

Alpendöner

322 Seiten, Paperback.
ISBN 978-3-8392-1028-4.

TATORT ALLGÄU Birne, Anfang 30, hat in Kempten gerade seinen neuen Job als Redakteur bei einem Verlag für Wanderführer angetreten, als seine Nachbarin, die alte Frau Zulauf, blutüberströmt aufgefunden wird. Mord inmitten beschaulicher Alpenidylle – so hatte Birne sich seinen Neuanfang im Allgäu nun wirklich nicht vorgestellt!

Ein türkischer Imbissbudenbesitzer, ein Motiv, ein Kebabmesser – die Polizei hat den mutmaßlichen Mörder der Frau schnell dingfest gemacht. Doch dann stolpert Birne in die Ermittlungen …

GMEINER

Wir machen's spannend

SABINE FINK
Kainszeichen

418 Seiten, Paperback.
ISBN 978-3-8392-1184-7.

BAUSÜNDEN Mike Hartmann, als Bauleiter für ein Erlanger Unternehmen in Tschechien tätig, stirbt bei einem Autounfall. Seine Verlobte Chrissy leidet sehr unter dem Verlust, auch wenn die Beziehung in der Krise steckte. Als sie ein dreiviertel Jahr später zufällig Mikes ehemaligen Chefs Johannes und René Ducros über den Weg läuft, tauchen verdrängte Fragen auf. Warum verhielt sich Mike damals so seltsam? Hatte es mit der Baustelle zu tun, auf der er arbeitete? Und welche Rolle spielen die beiden Brüder? Chrissy hat das Gefühl, dass etwas nicht stimmt. Erst recht, als am nächsten Tag ihre Wohnung brennt und sie nur knapp den Flammen entkommt …

TODESFRAUEN
Jan Beinßen

228 Seiten, Paperback.
ISBN 978-3-8392-1196-0.

IN DER FALLE Nürnberg, 1993. Antiquitätenhändlerin Gabriele Doberstein erhält ein vielversprechendes Angebot: Der serbische Taxifahrer Vladi berichtet von einer Gemäldesammlung, die in den Wirren des Jugoslawienkonflikts ihren Besitzer verloren hat und nun wieder auf dem Markt ist. Gabriele wittert ein schnelles und risikoarmes Geschäft. Sie beschließt, Vladis Naivität auszunutzen, sich die wertvollen Gemälde anzueignen und Vladi mit einem Almosen abzuspeisen. Noch ahnt sie nicht, dass sie sich damit in große Gefahr begibt …

GMEINER

Wir machen's spannend

Alle Gmeiner-Autoren und ihre Romane auf einen Blick